もっと、自分をいたわっていい

Kayama rika
香山リカ

新日本出版社

第二章　コロナ禍の診察室から

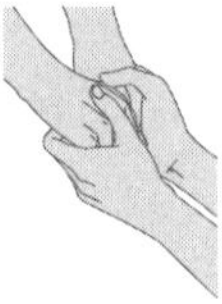

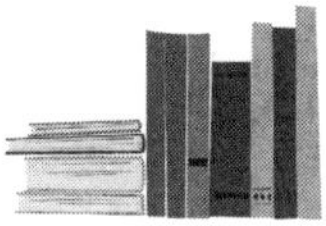

第三章　自分を追い込みすぎていませんか

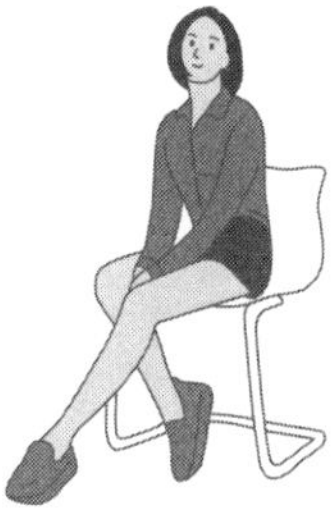

第四章　あなただけの苦しみ、悲しみに時間をかけて

序章

自分にもっとやさしくしよう

2020年に始まった新型コロナウイルス感染症の世界的流行は、私たちの生活をガラリと変えた。

そこでもたらされたのは健康被害だけではない。まず経済の面でも多くの人に被害をもたらした。交通、観光、飲食に関係する仕事や、演劇、音楽などライブイベントに関係する仕事へのダメージは、はかりしれないと言われている。

私の診察室に通う方で、出版関連の会社を経営している人がいる。「みなさんステイホームで本は読むようになっているので、あまりお仕事へのマイナスの影響はないですか」と尋ねると、「とんでもない」と首を横に振った。

「私どもは雑誌を作っているのですが、まずコロナで取材ができない。旅行、観劇、ファッション、食べ歩きなんかに関する特集も組めません。書店に来る人も減り、雑誌の売り上げは全体に落ちています。毎月発行するところを2カ月に1回にしたのですが、それでも存続できるかどうか。利益が出ているのは、家で遊べるゲームを作る会社など、ごくごくごく、ごくわずかですよ」

ほかにも派遣会社に登録していて企業で働いていたのに、コロナで人員整理をすることになって「契約終了です」と急に告げられた、と肩を落とし、うつ状態や不眠に陥った人もやって来る。正社員より非正規雇用の人たちはとくに影響を受けやすいのだろう。

ただ、「影響」は必ずしもマイナスのものばかりとは言えない。

コロナの影響での倒産や失業はときどき新聞などでも報道されるので、知人たちからは「経済的な不安から〝コロナうつ〟みたいになって、メンタル科には人が殺到しているんでしょう？　忙しいだろうね」と言われる。たしかに、そういう一面もある。

しかし、実は感染が拡大して、ステイホームの生活が始まってから、「これまでのストレスが減ってきた」という人もいるのだ。

たとえば、長時間労働、遠距離介護でくたくたになっていた人たち。ＰＴＡの活動、ボランティアや市民活動、習いごとで忙しくかけ回っていた人たち。

この人たちにとっては、「家にいなければならない、移動してはいけない」となったのが、強制的に休みを取ることにもつながった。

まず、会社員マミさんのケースを紹介しよう。これはいくつかのケースから作ったフィクションだが、似たような人は少なくないのだ。

マミさんは34歳、結婚はしておらずひとり暮らし。これまで片道1時間半かけて都心の会社に通勤していた。仕事はきらいではないのだが、同僚はみな向上心にあふれた人で社内の競争も激しいので、いつもテンションを上げていないと置いていかれそうになると感じていた。

そして、マミさんには大きな悩みがあった。直属の上司が、何かと言えばマミさんがシングルだということを話題にしていたのだ。「来週末、出張してくれないかな。週末はデートの予定……はないか。アハハ」などと言われる。本人はジョークのつもりかもしれないとはいえ、いちいち苦笑いをしながら、「出張、だいじょうぶです。行きます」などと答えなければならないのは苦痛だった。

「これってセクハラじゃないかな」と思いながらも、そう伝えて問題になるのも面倒なので、「おっ、スカートとはめずらしい。婚活パーティーか？　がんばれよ」などと言われても、「いえ、まあ」などと受け流してきたのだ。

ところが、コロナ禍になり、東京で何度も緊急事態宣言が出されるようになってから、仕事の状況が一変した。

マミさんの会社では、「基本はリモートワーク、週に1度だけ書類の整理などで出社してもよいが、出社日はほかの社員となるべく重ならないように調整すること」という方針が決まって実行されるようになったのだ。

「リモートワークなんてできるかな」と最初は心配だったが、それがいざ始まるとマミさんの生活からいろいろな〝イヤなもの〟が消えていったことに気づいた。

まず、通勤時間がなくなった。それから、同僚の前でテンションを上げて向上心のある自分を演じる必要もなくなった。そして何より、セクハラ的な上司の顔をみなくてよくなったのだ。

もちろん、家での仕事には、調べたいと思う資料が身近にない、疑問点が出てきてもすぐにまわりにきけない、などの問題もあった。それでも、毎朝6時すぎに起きて、洋服を選びメイクをして、満員電車に押し込まれて通勤するストレスがなくなったのは大きい。朝、ギリギリまで寝て、軽く食事をとり、メイクはほとんどなしでシャツをはおったらすぐに業務開始できる。

同僚や上司とのやり取りは基本的には決められた時間のオンラインミーティングだけ。事務的に業務に関することを確認したら、またすぐ個人の作業に戻ることも可能だ。ランチは家にあるものですませたり、気分転換で近所の公園でパンを食べたり、これも気ままにできる。

そして、定時になってメールで連絡をしてパソコンをオフにしたら、次の瞬間から自分の時間が始まる。これが何よりよかったという。

散歩がてらスーパーに出かけ、食材を買ってきて、時間をかけて料理を作ることもできる。「上司に〝ひとりで食べてもうまくないだろう〟と言われそう」とふと頭に浮かぶこともあるが、すぐに自分で打ち消して、手料理をおいしく味わう。栄養バランスを考えて食べるようになり、からだの調子もよくなった感じがする。

では、なぜそんなマミさんが診察室に来たのか。それはリモートワークのストレスがたまったからではない。逆に「緊急事態宣言が解除されてまた通常勤務が始まったらどうしよう」という不安で、夜が寝られなくなったから、というのだ。

私は、「とにかくこれまでのストレスに気づけたのはよかったですよ」と伝えた。その後、マミさんの会社は全面的に以前のような「毎日、出勤してもらう」という体制に戻ることはなく、「リモートワークか出社かを自分で決められる」というスタイルを取ることになったという。マミさんはもちろん、「出社は最低限、あとはリモートワーク」の形を選択した。

というわけで、通院はすぐに終わりになったのだが、最後の診察のときマミさんはしみじみ言っていた。

「こんな言い方はおかしいのですが、コロナのおかげで、自分にとってストレスのない働き方がいちばんということがよくわかりました。私は時間的にも余裕のある働き方があっているんですね。いま、全面的にリモートワークでオーケーという会社に転職して、もっと自然豊かな郊外に引っ越すことも考えています」

もうひとつの事例を紹介しよう。

アカネさんの場合は、事情はもう少し複雑だった。夫や子どもたちと家庭生活を送っていた50歳のアカネさん。夫の父親はすでに亡くなり、母親がひとりで暮らしていたが、80代後半になって足が弱ってきたので、相談して地元の施設に入ってもらうことにした。夫の実家は新幹線で行かなければならない距離だ。夫は土日も仕事が入ることが多く、2週間に1回はアカネさんが義母の面会に出かけていた。

アカネさんは更年期障害が原因の心身の不調に悩んで医療を受けていたので、私はいつも「遠くの施設にしょっちゅう行くのは負担ですよ。しばらく面会はお休みした方がいいです」と伝えていたが、アカネさんは「それはできない」と言った。

「義母《おかあ》さんには、若い頃、いろいろお世話になったんです。私なんかでも行くと喜んでくださるし。ちょっとくらい無理してもやっぱり行ってあげたい」

アカネさんはやさしく、義理の親思いの人だったのだ。

ところが、コロナの感染が拡大すると、施設側から「面会は禁止」という連絡が来た。もちろん、施設内で感染者が出るのを防ぐためだ。最初の頃、アカネさんは診察室で泣いていた。

「おかあさん、きっと心細いと思うんです。電話をすると〝だいじょうぶよ〟と明るい声で言うのですが……申し訳なくて。でも、こちらからウイルスを持ち込んだらたいへんですものね」

私は毎回、こんなときでも義母の心配をするアカネさんを「本当にやさしいんですね。でもアカネさんのせいじゃないですよ」となぐさめながら、その話を聴いていた。

面会禁止の措置はなかなか解除されない。3カ月、半年と時間がたった。アカネさんは、家族でかわるがわる義母に電話をしたり手紙を送ったりしながら、〝遠距離リモート面会〟を続けていたそうだ。

もちろん、「申し訳ない」というアカネさんの言葉も毎回、診察のたびに繰り返されていたのだが、私はあることに気づいた。アカネさんの顔色が明らかによくなり、肌のツヤがよくなったのだ。私は尋ねてみた。

「前からおっしゃっていた手足の冷えや、腰や膝の痛みはいかがですか」

するとアカネさんは、「あら、そういえば最近は気になりませんね」と答えた。

「実は、先生からいただいている便秘薬も飲んでいないのです。おなかの調子もよくなってきたので」

　そこで私は、思いきって口にした。

「これはあなたの気持ちとはまったく別な話なのですが、やっぱり隔週の新幹線での施設通いをお休みして、からだは少し休まっているのかもしれませんね」

　すると、アカネさんの目から大粒の涙がこぼれたのだ。

「私も、実はそうかもしれない、と思っていたのです。イライラして子どもたちをつい叱ってしまうのも減り、家族で笑う機会も増えた感じで……。でも、なんだかおかあさんが邪魔だったと言っているみたいで……心苦しいです」

　もちろん、アカネさんはこれまで仕方なく義母に面会していたわけではない。心から心配して新幹線で施設まで通っていたのだろう。気持ちの上ではいまでも、「早くまた面会に行ってあげたい。おいしいお菓子やくだものを持っていってあげたい」と思っている。それは決してウソではない。

　でも、ただでさえ家事などで忙しい毎日に、さらに隔週の新幹線での施設通いで「からだが悲鳴をあげていた」というのも事実だったのではないだろうか。

　これは、その前に話した会社員のマミさんの場合も同じだ。長距離・長時間の移動、睡眠不足、不規則な食事、なんといっても手足をのばしてただボーッと休む時間の不足。これでは、いくら気持ちは前向きだったりやさしさがいっぱいだったりしても、脳も全身の筋肉も自律神経も緊張しっぱなしだ。知らないあいだに内臓も疲れきり、体内のホルモンや感覚器官などのバランスも崩れてしまうのは当然といえる。

そうなると今度は、元気だったはずの心まで次第に消耗して、気持ちの落ち込み、イライラ、テンションの激しい上がり下がり、取り越し苦労などが多くなって〝いつもの自分〟ではいられなくなる。そして、不眠やうつなどのメンタルの症状にもつながるのだ。

マミさんやアカネさんのケースから、はっきりとわかることがある。

それは、コロナで思わぬステイホームやリモートワークをしなければならなくなったことで、私たちはこれまで自分で自分にどれくらい無理をさせ、からだを痛めつけてきたかに気づけたのではないか、ということだ。

それは単に、目に見えるたいへんさや時間ではかれるたいへんさによってだけではない。マミさんのように、同僚との元気を装ってのコミュニケーションや上司からのセクハラトーク、またアカネさんのように介護施設に入所している義母にかけるやさしい言葉や職員へのお礼の言葉、それらもたまりたまればいつの間にか、かなりのストレスになる。

コロナの拡大で、どうしても家にとどまらざるをえなくなったことで、「あれ？なんかこの生活ラクじゃない？」「たまっていた疲れがちょっと減ってきた」と気づいた、という人は少なくないのではないだろうか。

そして、そうやって気づけた人に、私がぜひ伝えたいことがある。

それは、まず「これまでの生活はたいへんだったんだ」と気づくことに、罪悪感を抱かないでほしいということだ。

罪悪感と言えば大げさかもしれないが、アカネさんは「施設に行かなくていいのはラク、と思うことじたいが申し訳ない」と言っていた。ほかにも「ステイホームって疲れが少なくてラク」なんて思っちゃいけない、と固く思い込んでいる人もいる。

そういう人たちを見ていると、つくづく「ほとんどの人が『自分に厳しくする病』にかかっているんだなあ」と思う。「私はがんばることが好きなんだ」といつも思わなければいけない、と知らないうちに思っている。「休むのはラク」と思ってしまう自分が許せないのだ。

この傾向は、とくに子どもの頃から「いい子」で、社会に出たり家庭を持ったりしてさらに「いい子（いい人、がんばる人）でなければ」と完璧主義、努力家に拍車がかかった人に見られる。そのうち、「少しでも休もうとする自分が許せない」とまでなってしまうと、それだけでもかなりのストレスが自分にかかることは言うまでもないだろう。

同じ「いい子」でも、まだ学生のうちは家族以外の人の目を気にする機会もないのか、もう少しのんびりしているようだ。

私は精神科医の仕事のかたわら、大学の教員もしている。その大学では、コロナ禍になってから多くの講義がオンライン授業となった。1年以上もそんな状態が続き、オンライン授業に参加している学生たちに、「最近はどんな生活ですか」と尋ねてみると、彼らから意外なほど「いまの生活をエンジョイしています」という答えが返ってくる。

「睡眠時間が増えてうれしいです」「授業を受けたらすぐに好きなゲームができるので最高」「通学しないと毎日すっぴんですむから天国」など、「ラクはうれしい」と素直に言える学生たちを見て、「ああ、彼らのよさはラクをしている自分で自分を責めたり罰したりしないことだな」と思った。

学生だけではない。社会人になりたての若者も同じだ。

昨年の3月に大学を卒業した教え子のひとりに、4月になってから連絡してみた。その卒業生はある企業に入社する前に、イタリア旅行に行く予定だったのだ。それができなくなって落ち込んでいるかと心配だったのである。

私が「元気？　どうしてる？」とＬＩＮＥをすると、こんな返事が来た。

「はい、とても元気です。入社早々、リモートワークになったのですが、これがとても快適で。名刺の交換も上司の名前を覚えるといった面倒もないので、仕事に集中できます。夜は、大学時代から引き続き、ダンスのオンラインレッスンを受けているんですよ。社会人になったらダンスは無理かと思っていたのに、その時間もあるしうれしいですね」

私は、リモートワークや新しいライフスタイルにこれほどまでに順応して、前向きにとらえていることに驚きを感じた。

そして、「それはよかった。でも、イタリア旅行は残念だったね」と言うと、それにはこんな答えが返ってきた。

「たしかに。ただ、私の会社、どうもリモートワークの方が効率が良さそうということで、コロナがおさまってからもこの働き方が続くみたいなんです。だとしたら、たぶん休暇もたっぷり取れるはずですよね！　もしかしたらイタリアからのリモートワークもＯＫかも！　だとしたら、有休も使わずにイタリアに行けるかもしれないんですよ！　やったー！」

そのときには私は、「若い人って都合のよいことを考えるものだな。遊びながら仕事、なんて日本人には無理じゃないのだろうか」と思わず笑ってしまった。ところがその後、政府が「リゾート地などに行ってそこからリモートで仕事をする、ワーケーションという働き方を導入しよう」と提案。私は、「あの卒業生が夢見たことが現実になっている！」と驚いたのである。

とはいえ、このバケーションをしながらワークもするというワーケーションにしても、「仕事中に遊びのことなんか考えちゃいけないんだ。もっとまじめにやらなければ」と罪の意識を感じたり自分に厳しくしすぎたりするようでは、到底できるはずがない。「遊びながら仕事、仕事しながら遊び、これでいいんだ」とゆるく生きることを自分で認める、そういう自分を責めない、ということが何より大切になってくる。

それから、もうひとつ大事なのは、「とにかくコロナの前に早く戻そう」と思いすぎないことだ。たとえば、先ほどのアカネさんにしても、「コロナの感染拡大が収まったら、また2週間に1度、いや寂しい思いをさせた分、毎週でもお母さんの面会に行かなければ」と思ってしまいそうだが、それはちょっと待ってほしいのである。

感染症の流行は必ず終わる日を迎える。それが半年後なのか、1年あるいは2年後なのかはわからないが、特効薬が作られワクチンが多くの人に行きわたった時点で、コロナは人類にとっておそれることもない、〝ふつうの病〟になるだろう。

その頃はコロナの検査もインフルエンザのように簡単かつ正確にできるようになり、もしかかったとしても、病院で検査を受けて10分ほどで結果が出るはずだ。医者から「このクスリを5日間飲んで、そのあいだは休んでくださいね」と言われてそれで後遺症もなく復活、となっていくだろう。

ただ、そうなって経済、社会活動が再開されていくときに、また持ち前の努力家で完璧主義の一面が顔を出し、「よーし、これから今までの分もがんばって取り戻すぞ！」と走り出そうとすることを、私はかえって心配している。「それは絶対にやめて」と言うつもりはないのだが、ステイホームやリモートワークの期間にせっかくこころやからだが休まった、という人は、これからも全速力で走るようにがんばり、自分を痛めつけるのはひかえてほしい、と思うのだ。

もちろん、「これまでの生き方をちょっと変えようかな」と思うことには、勇気も必要だ。

先ほどの会社員のマミさんは、「コロナが収束しても私はこれまでのようなストレスいっぱいの生き方、働き方には戻りたくない。自然が豊かな地域に住んでリモートワークを続けたい」と気づき、自分で決めることができそうだ。それはとてもすばらしいことだと思う。

ぜひマミさんのように、「また前に戻ってバリバリがんばろう」ではなくて、自分に無理をさせない、心にもからだにもやさしい、新しい生き方を選んでほしいと思う。

「そうね。たまにはなにも予定を入れずに、おうちの中でゆったりとすごす週末も必要だったのね。じゃ、来週はやりたいこともあるけれど、ちょっと予定をキャンセルして休むことにしましょう」

コロナ禍が収束した後でも、そう思うことをおそれずに。努力をしてより自分を高めることも大事だけれど、この機会に思いもかけず手に入れた、自分のこころとからだへのやさしさを忘れずに。

多くの人を苦しめているコロナ禍だが、そこから得るものがあるとしたら、こんな考え方なのではないか、と私は思っている。

第一章　コロナ禍で明らかになったこと

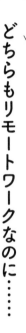

どちらもリモートワークなのに……

コロナ禍で起きたさまざまなできごと。私たちの生活にもたらされたさまざまな変化。その中に、私たちの生活にとって基本である「食べること」への影響もある。

もちろん、中には「食生活が改善した」という人もいると思う。家にいる時間が長くなったので、時間をかけて料理をするようになった、からだに良い料理を丁寧に作るようになった、といった人も少なくないようで、スパイスなどの調味料や調理器具の売り上げがのびているという話を聴いた。「お菓子作りにハマってる」「家族のためにパンを焼いている」と報告してくれる学生もいた。

その一方で、「食生活にいろいろマイナスの影響があった」という人もいると思う。実はこちらの方がずっと多いのではないか、とも考える。

毎日、家にいる単調な生活で食欲もわかず、料理をする気にもならない、という人もいるだろう。たまに外食を取り入れることで、「よし、また明日からは家で作ろう」という意欲もわくが、「外食は控えて。なるべく家で食べて。買い物も短時間で」など制限されてしまうと、それだけで気が重くなり、ついレトルト食品やコンビニ弁当ですませてしまう。そんな声も診察室でよく聞いた。

その中でも多かったのが、「リモートワークでずっと家にいる夫の食事を作るのがしんどい」という女性たちからの声だった。

ある女性はこう言った。

「夫婦で働いていて、どちらもリモートワークをしているのに、昼ごはんの時間になるとなんとなく私の方が用意をしなければならないという雰囲気になり、とてもしんどいんです……」

これは誰がきいても「それはたいへん」と思うはずだが、では専業主婦なら「食事の支度はいつものことだから」としんどくないのか。それは違う。専業主婦にも夫のリモートワークに伴う苦労やストレスがあるのだ。

「昼ごはんはなにが食べたい？」ときいても、夫からは答えが返ってこないか「なんでもいいよ」とぶっきらぼうに言われる。仕方ないのでめん類やチャーハンなどを作って出すと、「昼からこれか」などと不満をこぼす。

診察室でそんな話を聞き、「自分で好きなものを用意するか買ってくるかしてね、と言っちゃえばいいんですよ」と助言したこともあるが、「そんなこと言ったらかえって面倒なことになります」とその女性は首を横に振った。

「どうなるのですか？　怒鳴ったり？」とさらにきくと、「いえ、ギロッとにらむか舌打ちですね」とのこと。暴力を振るうわけでも暴言を吐くわけでもないが、とにかくちょっとしたことで夫の表情が硬くなるというのだ。その女性はそうされるだけでなんともいえず怖くなって、つい「ごめんなさい」と言ってしまうのだという。

こうして知らないうちに「今日の昼ごはんは気に入っただろうか」と夫の顔色をうかがうような生活が何カ月、さらに1年以上と続くと、ストレスから身体不調が出ることもある。最近、診察室で専業主婦の不眠、めまい、耳鳴り、息苦しさ、頭痛、吐き気や腹痛をよく診るが、その背景にこういった「夫のリモートワーク」があることはめずらしくない。

DVやハラスメントとまでは言えない、夫からのプチ抑圧。これは夫婦間の深刻な問題だ。そしてコロナ禍で夫の家庭滞在時間が長くなったことによって、このことに苦しむ妻も増えているのではないだろうか。

「夫の気に入る昼食を出せないのは、私が悪い」

そう思って自分を責めている女性も多いのではないだろうか。それは違う。

「お仕事おつかれさま。今日は私もやりたいことがあるので、お昼ごはんは自分でお願いね」
明るい口調でそう言ってみる日があってもよいのだ。

コロナのストレスに負けないために

新型コロナウイルス感染拡大への緊急事態宣言がはじめて出されたのが、２０２０年４月のこと。はじめての事態にほとんどの人たちは緊迫感を高め、気の抜けない日々をすごした。宣言が解除されてからも感染拡大は続き、さらにストレスは高まった。
人間を含めた動物の心身に与えるストレスの影響についてはじめて医学的な研究をしたのは、ウィーンで生まれカナダで活躍したハンス・セリエという生物学者だ。
セリエは１９３０年代に書いた論文で、生きものがストレス状況に置かれると、はじめは危険に対応しようと身がまえ、むしろテンションが上がったり素早く動けたりするようになる、といったことを述べた。逃げたり状況にあわせたりするための、生存本能に近い反応。それがもともとのストレスの意味なのである。

「なんだ、ストレスも悪くないじゃない。人間に役立つものじゃないの」と思うかもしれないが、残念ながらこの〝逃げやすい状態〟は長く続かない。

ストレスに対応しようとして体内でいろいろなホルモンが出続けたり、内臓がいつもと違った動きをしようとすることにさらに疲労が加わると、今度はからだにいろいろな故障が起きてくるのだ。

これはストレスの長期化による「疲憊期《ひはいき》」と呼ばれているが、最近の研究では、「疲憊期」が続くと脳の一部が萎縮してうつ病につながることもわかってきた。

どうだろう。緊急事態宣言が出た頃は、「よし、がんばって感染しない、させないぞ」と身がまえていた人たちも、半年もたつとかなり疲れてきたのではないだろうか。それが1年以上となるとなおさらだ。そういう人は、知らないあいだに「疲憊期」に突入しているかもしれないので要注意だ。

とはいえ、「感染対策をしばらく休もう」と手洗いやマスク着用をおろそかにするわけにはいかない。それはもう少し先になってからだ。そうなると私たちにできることは、まず休むこと。そして、ふだんよりも仕事や家事のペースを落とし、目標をやや低めに設定したり手抜きも取り入れたりすることだ。自分をゆるめて、ストレスが続く「疲憊期」から自分を守る。動物にはこういった調整はむずかしいかもしれないが、私たち人間にはできるはず。

せっかくコロナ感染は防いでも、長期化するストレスの影響でダウン、となるのはつまらない。

「あれ？　私、疲れてる？」と思ったら、とにかく一度、ペースを落とす。なるべくゆっくり、のんびりですごす。それがいつだって基本だ。

お仕着せでない自分らしさ

新型コロナウイルスの感染拡大で、２０２０年から21年にかけてはいつもより家にいる時間がとても長くなったと思う。そのすごし方は、人それぞれ。オンライン授業のときに学生に尋ねると、「料理、ガーデニング、いろいろな趣味、家で新しいことをいろいろ始めた」という人から、反対に「何にもしなくなった。ネットでドラマを見るくらい」という人までがいる。実は私もどちらかといえば「何もしない派」なので、同じような学生がいるとちょっとホッとする。

だから、ネットの掲示板で「家事をやめてみました」というタイトルの投稿を見つけたときは、「私の仲間かな」と飛びついた。ところが、少々違うようだった。この人は、家にいることが多くなったこの機会に、掃除機を捨てシャンプーを捨て、床拭きシートで掃除をしお湯で髪を洗う、といったシンプルな〝非電化生活〟に切り替えたのだという。なるほど、掃除や洗髪そのものをやめるのではなくて、それに使う道具や用具をなるべく減らすということか。ただ、その分、手間が増えるのではないか。家事の〝引き算〟ではなく、むしろ〝足し算〟だ。

この投稿へのレスを見ると、同じように「私も電化製品をほとんど使わずに、何ごとも手で」という〝足し算派〟もいれば、「私は日々の買い物をやめて、まとめ買いにしました」と日課を丸ごとやめた〝引き算派〟の人もいた。

でも、なんだかおもしろい。同じ「アイロンをやめた」でも、「その分、洗濯のあときちんと干して丁寧にたたむ」のと「服のしわを気にしないようにした」ではずいぶん違うが、それでも自分の生活を見直して、新しくしてみたことには変わりない。

繰り返すが、私にとっての「家事をやめる」は、いまだに「電化製品をやめて手で行う」ことではなくて、「そもそもそれをするのをやめる」という意味だ。もちろん掃除や洗濯を全部やめるのはむずかしいが、洋服をきれいにたたんで収納するのをやめるのは簡単……いやいや、これでは単にだらしないだけか。

いずれにせよ、〝足し算派〟も〝引き算派〟も、この機会に生活を見直して、お仕着せではない自分らしいすごし方を見つけてほしい、と思うのである。

〝もうイヤ！〟って大声出していいんですよ

医者の仕事をしている私の職場は病院だが、ここには医者や看護師などのほかにも、いろいろな職種の人が働いている。

あるとき診察をしていると、受付から「職員をひとり診察してもらってよいですか」と声がかかった。個人情報にかかわる細かいところは変更して、そのときの話をしてみたい。

「もちろん」と返事をして呼び入れると、「資材課」と呼ばれるところで働く若い女性だった。青ざめた顔をしている。

日ごろ診察室にしかいない私には、この係の人がどんな仕事をしているのか、ほとんど知る機会がない。あれこれ質問すると、その女性は主に入院患者さんが使用する寝具の手配をしているのだそうだ。「病室に寝具をチェックに行って、古くなったものは廃棄を頼んだり交換したりもします」とのこと。

「へえ」と聞き入りながら、私は「あっ、調子が悪くてここに来たんですよね、ごめんなさい。どうなさったのですか」とようやく思い出して、問診を始めた。

すると彼女は、「立ちくらみ、ふらつき、胃のムカムカ」などを訴えた。さらに症状をくわしくきいてみたが、大きな病気が潜んでいる可能性は低そうだった。いわゆるストレス性のものだろう。

「ストレス、何かありますか」ときくと、コロナ感染症が拡大して以来、患者さんの寝具を扱うにも「自分が感染したり、患者さんに感染させたりしたらどうしよう」と緊張する、と話してくれた。「でも、同僚も同じはずだから、私だけ病院がストレスだなんて言えないし」と言って、大粒の涙をポロポロこぼした。

そうか。いろいろな場所でいろいろな人たちが、コロナと闘いながら、気を張って自分に無理をさせながらがんばっているのだ。たまには、誰かの前で「怖い、つらい」と口に出してみることも必要だろう。

ひととおりの話を聴いてから、「ここでは〝もうイヤ！〟って大声出してもいいんですよ。いかがですか」とその職員に促すと、「そこまでしなくてもだいじょうぶです、フフフ」と笑いが浮かび、顔に血の気が戻ってきた。

どうだろう。とくに都会からちょっと離れたところに住んでいる人たちは、電車や車でちょっと行けば、ひと気の少ない海辺や野原もあるはず。そこでたまには「もうムリ〜！」「耐えられなーい！」と声を出したり涙をこぼしたりしてもいいのでは。東京に住んでいる私は、映画館の暗がりでよく泣いている。それだけでもけっこうからだと心がほぐれてひと息つけるものですよ。

コロナ禍で「生きづらさ」を抱える女性たちへ

毎月、警察庁から発表される「前の月の自殺者」の数字を見るのがつらい。2020年の後半から自殺者の数が増え、とくに女性の増加が目立つようになってきたからである。診察室にも「生きているのがしんどい」「人生の意味がわからなくなった」と訴える女性たちが、コロナ前より多く訪れるようになったと感じる。

報道では「コロナの影響による収入減が原因か」という分析が加えられているが、それだけとも思えない。それもコロナの影響といえばそうなのだが、外に出る機会や趣味やボランティアで飛び回る時間が減った分、自分に向き合うことが誰しも増えた。そこでとくにまじめな女性ほど、「いったい私に何の意味があるのだろう」と考え、「私の人生には価値がない」という結論に至りがちなのだ。私の目の前でそう語った女性たちは、みな仕事や生活をがんばっており、生きている意味がない、価値がない、だなんてとんでもない、という人たちであった。

それに、たとえ仕事をしていなくても生活で問題があっても、「だからその人には価値がない」ということにはならない。どんな人であれ、生まれたからには生きる権利、人生を楽しむ権利がある、と私は考える。誰かの役に立てない人は生きていてはいけない、という考えは、すぐに命の選別や順位づけにつながるだろう。

「私なんて生きていたってしょうがない」とうなだれる女性に、私は診察室で「目の前の楽しいことにとりあえず逃げてみましょうよ」とあえて話す。「ドラマ、お菓子作りや手芸、土いじりにおいしいもののお取り寄せ、お昼寝ざんまい、なんだっていいんですよ」と言うと、「え、そんなの仮の解決ですよね」と最初は難色を示される。

でも、昨年から今年にかけては、コロナの襲来というこれまでとはまったく違う時間をすごしたのだから、その中を生きる私たちだって、これまでとは異なるすごし方をしてもよいはずだ。いつも以上に自分を楽しませたりくつろがせたりしてもいいではないか。「自分に向き合って意味を問い直すのも大切ですが、そうですね、それはコロナがすっかり収まってからにしませんか？」。そんな〝先延ばし〟を提案すると、たいていの人は「先生がそこまで言うなら、まあちょっとそうしてみますか」と笑ってくれる。

「私の人生、何のためにあるの？」という問いは、コロナが終わって完全に元通りの世の中になるまでは、とりあえず封印。それよりも今は自分がごきげんでいられるようにあれこれ工夫する。このアイディア、どうでしょう。「いいかも」と思ったら、ぜひ実践してみてください。

「この先どうなるの？」という不安には

仕事をしている診療所と同じビルに入っていたレストランが、2020年の暮れに閉店した。いつも大勢のお客さんでにぎわっているように見えたのだが、ある日、玄関に「閉店しました」というお知らせが貼られていたのだ。診療所のスタッフに尋ねたら、「やっぱりコロナで相当、お客さんが減ったようです。とくに夜はほとんどガラガラでしたから」とのことだった。そういえば私もコロナ以降は、診療所の同僚と「じゃ、帰りに食事していこうか」と利用することもなくなっていた。

いつもその店の中のにぎわいを横目に帰るのが習慣になっていたので、閉店後も前を通るとついのぞいてしまう。中は真っ暗で、テーブルやカウンターがぼんやり見える。もちろんお客さんもウエーターもいない。なんとも言えずさびしい気持ちになる。こんなことが全国で起きているのだろう。なじんでいた店が閉店したり楽しみにしていたコンサートが中止になったり、といったことが続き、がっかりしながら「この先どうなるの？」と不安を感じた人も少なくないはずだ。「気持ちが晴れず眠れない」と診察室を訪ねる人も増えているが、その反応はもっとともなこととも言える。

さて、どうやって私たちはこのトンネルに入ったような時期を乗り越えればよいのか。診察室では、「いまはあまり考えすぎないで」と繰り返し伝えている。「なにか夢中になれる手作業はないですか？　野菜の皮むき、お菓子づくり、プラモデルや編みものなんかもいいですよ」

「自分を見つめましょう」「よく考えましょう」と学校では習うが、なんでも深く考えればよいというものではない。こんな非常事態では、まずは感染をしっかり防ぎ、それから心も守ることが必要になる。そのためには、深く考えるのをやめて、あとは目の前の楽しい手作業に没頭してみる。そんな時間があってもよいのだ。

私も、閉店したレストランでよく注文した果実酒を自分で作ってみよう、とリンゴをたくさん買ってきた。ときには何も考えずに、手を動かし、目の前の色やかおりを楽しんで。多くの人にそう伝えたい。「じっくり考える」のはもっともっと先でいい。

人生の有給休暇だと思って

2021年もひんやりと風が冷たい季節がやって来た。もう冬なのだから当然だが、コロナに振り回されたこの2年は、「えっ、もう今年も終わっちゃうの」といつもよりなんだかさびしい気持ちになる。

診察室では「長年の計画がめちゃくちゃです」と落ち込んだ気持ちを話す人が増えてきた。留学、お店のオープン、結婚や新居への引っ越しなどが、コロナの影響で延期や中止になった人たちだ。準備をかけてやって来たことが予定通りいかなければ、がっかりするのも当然だ。

そんなひとりに先日、こう言ってみた。

「この2年、本当にたいへんでしたね。でも、これまで走り続けてきてひと休みもできたのではないですか。もう去年と今年はなかったことにしませんか」

転職の予定が延期になったまま立ち消えとなった、と悩むその女性は、「えっ」と驚きの声を上げた。「先生、なんてこと言うんですか。２年間なかったことにする、なんて」

私は真剣な表情を作って言った。

「そうですよ。これまでをまるまるなかったことにして、来年からスタートということです」

彼女はプッと吹き出し、「すごい発想ですね。でもそれがいちばんいいのかな」と言ってくれた。

実は、私自身も同じなのだ。２０２０年と21年、いろいろ計画していたことがあったが、すべて消えてしまった。海外に行って医療ボランティアをしようと準備していたのに、計画は完全に吹っ飛んだ。でも、「どうしてこんなことに」と考えても仕方ない。みんなが同じ憂き目にあっているのだ。私だけではない。もうこの2年のことは考えずに、「来年からまたできることを始めよう」と思っている。

診察室の女性は、「今年は人生の有給休暇だと考えます」とも言ってくれた。私は思わず、「その考え、最高ですね！」と返した。

そして、最後にふたりでこう言い合った。「この2年はなかったことにするなら、トシを取るのも来年からになればいいのだけど」。まあ、そればかりは待ってもらうわけにもいかず、誕生日が来るといつものように1歳、年齢が増えてしまう。でも、それだって自分の中ではカウントしなくたっていいのだ。私も年齢をきかれたら、「61歳」と答え、「でも本当はふたつ引いてまだ50代」と心の中でつぶやこう。

そして、「コロナのあいだはゆっくり自分のからだを休める時間なんだ」と思うことにしよう。ストレッチをしたり、おいしいお茶をいれたりしながら、からだとゆっくり対話。いまだからこそできるぜいたくな時間の使い方をしてみたい。

たまには保留もいいじゃない

２０２１年の11月になって、私は来年の手帳を買った。これまでの手帳にメモしていた来年の予定を、少しずつ転記している。

今年の春から今まで予定されていたさまざまな催しは、ことごとく中止になったが、一部、「1年の延期」となったものもある。たとえば「5月にお願いしていた保育士の集会での講演ですが、集会を1年延ばして２０２２年の5月にします」などというメールが、いくつか来ている。そのメモを見ながら、新しい手帳の5月にその予定を書いてよいのかな、とちょっと迷う。

今年の春から夏にかけては、「来年の今ごろは新型コロナウイルス感染症も収まって、いつも通りにイベントをやったり旅行に出かけたりしているだろう」と思っていた。ところが、先がなかなか見えない。感染者の数も波のように増えたり減ったりし、収束しかけても「これで本当に終わり？」と不安が消えない。ワクチンの接種も進んだが、その効力がいつまで持つのかについても、まださまざまな意見がある。まわりの医療従事者でも、「接種したのに感染した」というケースがけっこうある。「1年先に延ばしてもできないのか」と思うと、なんだか暗い気持ちになってくる。もうこのままずっとダメなのでは、とさえ弱気になってくる。でも、そうやって悪い方向に考え出すと、どんどん心やからだの調子も落ちていってしまう。

無理に前向きになる必要はないが、「もう少し様子を見てから考えよう」と、いまは〝もう一度だけ先延ばし〟することが大切かもしれない。

私もそう考えて、買ったばかりの手帳に来年の予定を書き込むのはとりあえずやめた。「希望を持つためにも予定を書いた方がいい」という意見もあるが、いまは保留。「来年も中止と決まったわけじゃない。実現が見えてきたら急いで書けばいいんだ」と考えている。即断即決ばかりがよいわけじゃない。たまには保留もいいじゃない。そんな年末年始があってもいいと思う。

第二章　コロナ禍の診察室から

居酒屋の「文化」は消せない

――食べること、お酒などの好きな飲みものを飲むことって、「文化」なんだな。

コロナ禍になってこんなあたりまえのことに気づかされた。

実はお酒はあまり飲めない私だが、夜、仕事の帰りにバーや居酒屋の前をブラブラ歩くのはきらいじゃなかった。中から灯りや笑い声がもれてくるだけで、なんとなくホッとするのだ。「ひとのいとなみが今日も続いている」と思うだけで、気持ちがあたたかくなる気がした。

コロナ禍が始まってから、それが突然、途絶えてしまった。営業時間の制限、お酒の提供禁止がどこの地域でも続いた。感染拡大の防止のためには仕方ない、とはわかっていた。

とはいえ、診療を終え帰宅する頃にはどの店も灯りが消えていて、窓から店内をのぞいても誰もひとがいないと、なんともいえないさびしい気持ちになる。「コロナが収まれば、またあのにぎやかさも戻ってくるよ」と自分に言い聞かせても、なんだか

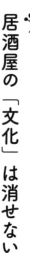

心細くなってくる。

学生たちに授業でその話をしたら、意外にもクールな反応が返ってきた。「おとなが深夜まで飲んでいるなんて、あまりに不健康だし家族も迷惑」「お酒はからだによくないし、健康的な生活にシフトすればよい」「閉店時間が早まるなら、お店もそれに合わせた新ビジネスを考えるべき」などと言う。そうか、そういうとらえ方もあるんだな、と気づかされた。

とはいっても、やっぱり私は、早々に灯りが消える街にちょっとだけさびしさを感じるのだ。

戦前戦後に活躍したアメリカの画家エドワード・ホッパーが描いた「ナイトホークス」という絵を知っているだろうか。「知らないな」という人も、実際の絵を目にすると誰もが「ああ、これ知ってる」と言うくらい、さまざまなお店などの壁などでよく見かける作品だ。

舞台はニューヨークの一角。深夜、まだ開いているダイニングバーの店内の様子がさりげなく描かれている。カウンターにはひとりで座る人やカップルの姿も見える。くつろぎ、孤独、不安や小さな希望など、シンプルな絵から人間のさまざまな感情や物語が浮かび上がってくる。そんな時間にニューヨークのバーで飲んだことなどないが、なつかしさのようなさびしさのような、なんとも言えない感情が胸にわき上がる。コロナが収束すれば、またそんな光景が戻ってくるのだろうか。それとも学生たちが言うように、「この機会に夜遅くまで外でお酒を飲む習慣は控えて、家族やからだの健康に気を配った生活をするべき」となるのだろうか。

後者はとても明るくて清潔な生き方だが、やっぱりちょっと物足りない気もする。人間の心にも人生にも、光もあれば闇も必要。「闇」といっても「悪」ということではない。夜の道を歩きながらいろいろ考えたり、途中で見つけた深夜営業の店に立ち寄ってホッとしたり、そんな中でふと悩みの答えが見つかったり、「あの人に連絡してみよう」と大切な人を思い出したり、ということもあるのではないか。

「おなかはいっぱいだし、喉もかわいてないけど、ちょっと夜遅くまでやっているカフェに寄っていこうかな」とひとり時間をつぶせる、そんな〝夜の文化〟がやっぱり戻ってきてほしい。

「前向き思考」からは見えないもの

前向きに考えれば、現実は変えられる。

いまではすっかり一般的になったこの考え方を広めたのは、アメリカのピール牧師だと言われる。いまから70年前に出たその著作『積極的考え方の力』は、いまだに世界で広く読まれているようだ。なんとアメリカのトランプ元大統領もこの本のファンで、その考えをもとにビジネスや政権運営を進めてきたという。

もちろん、この「前向き思考」じたいは悪いものではない。過去や暗い考え方にこだわってクヨクヨするのではなく、「私は絶対にやり遂げられるはず」と未来を見つめてがんばったら問題が解決した。そんな経験は誰にでもあるだろう。

とはいえ、すべてをこれですませてよいはずはないし、そうする必要もない。個人にも社会や国にも、忘れてはならない過去、こだわり続けなければならない問題もある。

たとえば、日本全体にとってあの戦争のことは、「忘れてはならない過去」だろう。

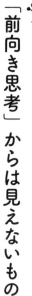

沖縄戦、東京空襲、原爆などの被害もそうだし、アジア侵略などの加害もそう。

そんな話をすると、「前向き思考」の人たちはこう言うのかもしれない。

「それっていつのこと？　76年前？　いつまで過去にこだわるの？　未来に目をやって生きようよ」

しかし、これは間違いだ。時間がたっても体験した人が世を去って少なくなっても、「これで終わり。もう考えない」ということはあってはならないと思う。たとえ100年たとうが、私たちは「なぜ戦争が起きたのか。なぜ日本は世界の国々に甚大な被害を与え、同時に多くの国民が被害を受けなければならなかったのか」「とくになぜ沖縄だけが地上戦の悲劇を経験しなければならなかったのか」と考え続けなければならない。加害の責任や被害の傷痕は「なかったこと」にはならないし、そのことを問い続けなければ、本当に明るい未来など作ることはできないと思うからだ。

コロナ禍で、多くの人が「いまの命、いまの生活」を守ることで精いっぱいの状況が続いている。東京ではオリンピック・パラリンピックという世紀の祭典が開催され、メダルラッシュに一時、多くの国民が明るい気持ちになったかもしれない。

だとしても、感染が拡大して多くの人が苦しんだという現実は消えないし、これまでの感染対策がうまくいかなかったという過去を忘れることも許されない。

過去にこだわり、自分を見つめ、後悔や反省をする「後ろ向き思考」。いま私たちに本当に必要なのは、むしろこちらなのではないだろうか。

そして、これは私たちの人生や毎日の生活でも同じだと思う。「すんだことを振り返っても仕方ない」というのは確かだが、だからといって私たちは過去を完全に忘れることはできない。そこで無理やり過去に受けた心の傷を忘れようとすると、それはトラウマという形で残り、何年もたってから思わぬ症状として姿をあらわす可能性もある。

また、過去を忘れないというのは、この世を去った人やいまはもうない場所や建物の記憶を大切にするということにもつながる。たとえば、私が卒業した小学校は地域の児童の減少から廃校になり、その場所を訪ねてももう何の建物も残っておらず、かわりにきれいな市民病院が立っている。

「前向き思考」の人なら、こう言うのかもしれない。

「きれいな病院ができてよかったなあ。もうここにあった学校のことなど振り返らず、病院をおおいに利用しよう」

しかし、私はそんなに簡単に頭を切り替えられない。実家に戻ってそのあたりを通るたびに、小学校のなつかしい木造校舎、その隣にあった鉄筋の新校舎、そこですごした日々の記憶が心によみがえり、「建物の一部だけでも残しておいてほしかったな」と残念に思う。それは「後ろ向き思考」かもしれないが、そのときにわき上がるさまざまな複雑な感情が、私の心を豊かに彩ってくれているようにも思うのだ。

未来に目を向けることは大事。

でも、ときには「後ろ向き思考」で過去を見つめることもおそれない。あたりまえかもしれないが、そう言いたい気分である。

おかしいと思ったら声を出していい

コロナの影響により、仕事、生活の変化で、社会のあり方、自分の生き方を改めて考え直した人は多いだろう。もちろん、私もそのひとりだ。

私はこれまで、医師としての臨床活動とメディアでの言論活動を分けて考えてきた。

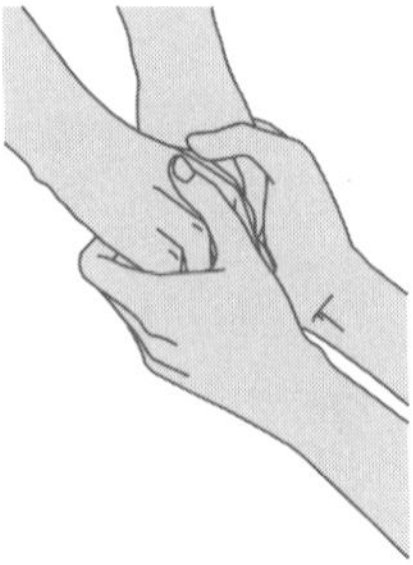

もちろん、臨床経験が自分の思考の基盤にあり、それが執筆にも影響を与えているのは確かなのだが、少なくとも医師として診療にあたるときは社会情勢のことはほぼ頭から消えていた。

しかし、今回のコロナ感染症とそれへの対策で、政治が直接、医療にかかわっていることを痛感させられた。国としての「オリンピック優先」が初期のPCR検査の抑制につながり、「37・5℃が4日以上で受診を」といった科学的根拠の乏しい基準に縛られて、臨床現場は混乱に陥った。「患者と医師が医療現場の主役ではなかったのか」と途方に暮れた。

その中で読んだのが、総合診療医としてわが国の研修医教育を牽引する徳田安春氏の『医師が沈黙を破るとき』（カイ書林）だ。アメリカや東京などで研究、臨床の腕を磨き、生まれ故郷の沖縄に戻った徳田氏は、平和の大切さをかみしめ、沖縄の歴史を振り返って基地問題や憲法などについても積極的に発言するようになる。命を守る医師だからこそ社会や政治に無関心であってはならない、という強烈なメッセージを今こそ多くの人に読んでもらいたい。

とはいえ、世界を襲う事態の深刻さに無力感にさいなまれることもある。そんなとき私を救ってくれるのが、伊那谷を漂泊した孤高の俳人・井上井月《せいげつ》の『井月句集』（岩波文庫）だ。「明日しらぬ身の楽しみや花に酒」「ふらふらとして怪我もなき青瓢《あおふくべ》」「白雨《ゆふだち》の限《かぎり》や虹の美しき」。ステイホームならぬステイ伊那谷の生活や自然をひとり愉快に楽しむ井月には、芥川龍之介も「このせち辛い近世にも、かう云ふ人物があつたと云ふ事は、我々下根の凡夫の心を勇猛ならしむる力がある」と熱烈にほれ込んだという。

ほかにコロナ禍でステイホームしていた間、読んだのはマルクスやアインシュタインらの賢妻として、自らの才能や人生を犠牲にした女性たちにスポットライトをあてた異色の書『才女の運命 男たちの名声の陰で』（インゲ・シュテファン著、フィルムアート社）、『道行きや』（伊藤比呂美、新潮社）。いずれも、世の中や家族の事情などの影響を受けやすい女性たちの生き方を描いた本だ。とくに現代の先進的な女性のシンボルと思われてきた詩人の伊藤氏が、日米社会のはざまで、あるいは夫の介護やそれに続く喪失という問題で、荒波をドドーンとかぶりながら、たくましくそしてしなやかに立ち向かう姿にはおおいに励まされる。

どんな立場でも社会に目を向けることを忘れず、声をあげることをためらわない。でも、疲れたらときには身のまわりのおいしい食べものや自然のうつりかわりにも目を向け、自分を休ませる。これが今回のコロナ禍で私が学んだことである。

声を塞ぐ「同調圧力」に抗して

２０２０年8月、コロナ禍の真っ最中、安倍晋三総理（当時）が突然の辞任を表明した。持病の潰瘍性大腸炎が悪化し、総理という重責を背負いきれなくなったというのがその理由だった。ＳＮＳでは8年近く続いて問題、疑惑が山積みとなった長期政権を批判的に総括する意見が多く見られたが、支持者からは「お疲れさまというねぎらいを述べるべき」「病気なのに責めるのはおかしい」という声が相次いだ。私も権力の長期化による弊害をツイートしたところ、「医者が病人にかける言葉か」という非難が殺到した。自由な言論の場のネットさえ、多数の期待通りの発言をしなければ許されない空気が漂っているのだ。

そんなときに出合ったのが鴻上尚史《こうかみしょうじ》、佐藤直樹『同調圧力　日本社会はなぜ息苦しいのか』（講談社、２０２０年8月）という本だ。この本は、これまでも世の中の窮屈さやいじめなどについて積極的に発言してきた演劇人の鴻上さんと、「世間」の研究をしてきた学者の佐藤さんとの対話をまとめた一冊。コロナで生じた「自粛に応じない者は非国民」という話から始まるふたりのかけ合いが、面白くないわけがない。つぎつぎと身近な例をあげながら、日本ではさまざまな個人が共存する「社会」よりも、仲間ウチだけでできた「世間」にどう思われるかの方がずっと重要視される、という核心が見えてくる。しかも、いまは政治の世界までが「社会が見えていな」くて「『世間』の人間にいかに多く支持されるか」で動いているというのだから、おそろしい。

佐藤氏は言う。「『社会』というのは、本来、変革できるのです」「『世間』は所与で、なおかつ変革も何もできない、動かない。変わらない」。そして、少しでも社会批判をすると「反日文化人」と攻撃されるという鴻上氏は、「そうやって文句を言う人は、大きな『世間』と自分で思い込んでいる政府側に身を置くことで、多分つかの間の安心を得ているんでしょう」と分析する。これから新しい総理大臣のもとで政治が動き出すが、本書を読んでいると、「『世間』から『社会』に開かれた世の中にすること」こそが求められているとわかる。

政治の世界だけではなく、会社も地域も同調圧力でいっぱい。ついひとの目を気にして息苦しくなっている人は、自分を苦しめているものの正体を知り、乗り越えるためにもぜひ読んでほしいと思う。

沖縄固有の感染状況

コロナ禍でとくに心配だったのは、沖縄の状況だ。一時は「世界最悪」とも言われるほど、人口あたりの感染状況が深刻な事態となった。

沖縄には感染に関係する特有の状況がある。ひとつは、すでに県内の数を上回る感染者が出ている在沖米軍の問題。そして、国をあげての「Ｇｏ Ｔｏ キャンペーン」などが行われる中、県外から沖縄を訪れる人が増加したことだ。

米軍、そして観光に依存せざるをえない経済構造。考えてみれば、これは新型コロナに始まったことではなくて、沖縄がずっと背負わされてきた問題だ。もっと言えば今回もまた、その本質的な問題、つまり構造的に沖縄だけが日本の中で不平等な状況に置かれていることが、県民を苦しめ健康に被害を与えているのだ。

だとしたら、これは沖縄だけにまかせてよいことではない。政府や日本の各地が「まず沖縄を救え」と手を差しのべなければならないはずだ。それにもかかわらず、国は知らんぷりの態度を決め込んでいる。それどころか米軍基地の押しつけなど、さらなる〝沖縄いじめ〟を続けている。そして、メディアは都合のよいときだけ沖縄を「癒しの島」として、何の問題もない日本の楽園であるかのように取り上げるのだ。

その中で、沖縄の医療関係者は全力で感染予防や治療につとめてきた。那覇市の繁華街である松山では、いち早く飲食店従業員２０００人を対象にした大規模ＰＣＲ検査が実施されるなど、日本でほかのどの地域でも行われていない先進的な取り組みが始まったこともあった。

とはいえ、県内だけでは人手や設備には限界がある。

基地問題や全国最下位の県民所得などで苦しむ沖縄県としては、「なぜまた沖縄が」と言いたいところだろう。ここは国もしっかり支援すべきではないか。「どの自治体もたいへんなのだから、沖縄だけ手厚く支援するのは不公平だ」という人もいるかもしれない。もちろん、コロナ禍ではその通りだとも言える。ただ、こうは考えられないか。沖縄はこれまでも日本の中で不平等に扱われてきて、その結果として感染爆発が起きてしまった。その均衡を少しでも是正するためにもここで沖縄を重点的に支援するのは、少しもおかしなことではない。

今後、また感染の波がやってきたときに本島や離島の医療体制が崩壊しないよう、ぜひ手厚い支援をと願いたい。

コロナと大震災

コロナ禍で迎えた2021年は、東日本大震災から10年目の年であった。

誰もがさまざまな思いを持って、10回目の3月11日を迎えただろう。私も同じだ。

私は、大震災が起きて1週間ほどがたった日、親しい雑誌編集者とともに現地を訪れた。取材ルポを書くことになっていたのだ。

実は、大震災から4カ月ほど前に、私は父を亡くしていた。82歳なので、日本人男性の平均寿命とぴったり同じ。短期間のうちに持病が悪化して入院したが、家族の希望もあって最期は家で迎えた。誰もが納得のいく終わり方であったのに、私は予想以上に心の痛手を受けた。仕事をしているときは平気な顔もできるが、夜になると後悔や寂しさが押しよせてくる。「これではいけない」とわかっているのに、自分ではどうにもできずにメソメソ泣いてばかりいた。

そんな悲しみを引きずっている中で大震災が起きて、私は被災地を訪れることになったのだ。とくに衝撃的だったのは、津波で大きな被害を受けた名取市閖上《ゆりあげ》地区の情景だった。遠くから見ると、家が建つ前の広大な造成地のようだ。案内してくれた人が「ここに住宅や商店がびっしり並んでいたんですよ」と話してくれたが、とても想像できない。さらに足を踏み入れると、たしかにそれぞれの家の土台らしきものが残っているのがわかる。目をこらすと、おもちゃ、食器、電化製品の残骸が泥から顔を出していた。「本当にここに人が住んでいたんだ……」と私は息を呑んだ。

津波で流されずに残った近くの小学校の体育館には、ボランティアたちが拾い集めた「思い出の品」が並べられていた。卒業アルバム、トロフィーなどに混じって、多数の位牌が目についた。案内の人は、「お寺もお墓も、家庭の仏壇も全部なくなったんです。せめて位牌だけでも家族のもとに返してあげたくて。でもその家族も津波の犠牲になっているかもしれませんね」と言った。

あれから10年。現地から発信してくれる人のブログなどを見ると、閖上地区の復興もずいぶん進んだようだ。朝市のにぎわいも戻っているという。コロナが収束したら、私の目を覚まさせてくれたあの場所にまた出かけ、あのとき出会った人たちとまた話してみたいと思っている。

お医者さんからのメンタル相談

ここに来て、同業者つまり医者のメンタル相談に乗る機会が増えた。

もちろん、医者だってうつ病やパニック障害になることはある。でも割合はそれほど高くないな、と思っていた。それは、医者にはもともと心理的にタフな人が多いからではなく、仕事を通してやりがいや達成感を手にしやすいからではないか。

私の経験で考えてみても、重いうつ状態で診察室を訪れた人が、何カ月かの治療で回復し、仕事に復帰できるようになると、たいていは感謝の言葉を口にしてくれる。「先生のおかげで助かりました。ありがとうございます」。そういうときは、「いえいえ」などと否定せずに笑顔で「よかったですね」と答える。すると私の胸には満足感が広がり、報われた気持ちになるのだ。これを味わうことが、自分のメンタルの充電にもなっていると感じている。

ところが、コロナ禍が始まり、医療をめぐる状況はずいぶん変わった。とくに２０２１年では、「入院が必要な患者さんが病院に入れない」「訪問診療で限られた医

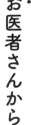

療しか受けられず病状が悪化した」というケースが続いた時期があった。自宅療養をする中で病状が急変し、亡くなる人も大勢いた。

もちろん、いちばんの被害を受けているのは感染した患者さんであり家族なのだが、かかわった医者たちのショックも大きい。「十分なことができなかった」と無力感を感じ、「もっとしてあげられたのでは」と自分を責める人もいる。これまで自分のメンタルを支えていた「報われた気持ち」がまったくえられないまま、疲労だけがたまり、心身の限界を感じて私のようなメンタル医に相談するのだ。

彼らと話してつくづく思うのは、「日ごろの達成感や報われたという気持ちって大切だな」ということだ。大きな満足感でなくてもいい。今日も散歩ができた、食事が食べられた、洗濯までしちゃった。そういうことでも「あたりまえ」と思わずに、「よし、よくできた！」とちょっと自分を大げさにほめる。そうやって〝達成感ポイントかせぎ〟をすることで、心のバランスはかなり保たれるのではないだろうか。

「私ってすごい！　がんばってる！」。さっそく今日から声がけしてみませんか？

コロナ禍での孤独を見つめる

２０２０年は、役者として活躍してきた芸能人が自ら命を絶つという報道が相次いだ。いや、相次いでいるとはいえ、何十人にもなるわけではない。ただ、長年、テレビや映画で目にし、その役柄やインタビューから垣間見える人柄に共感したり親しみを持ったりすることの多い芸能人の場合、突然の自らの手による死は、想像以上に多くの人たちにショックを与えることになる。

自死を選ぶのは芸能人だけではない。同年に警察庁が発表したデータによると、２０２０年8月の１カ月間に自殺した人は全国で１８５４人で、去年の同じ時期に比べて２５１人、16%増加したのだという。

さらにその内訳を見ると、男性は去年より6%増で女性は40%増、とくに30代以下の女性は、１カ月間に１９３人が亡くなり、これは去年の同時期より74%増なのだという。

この結果を見ると、誰もが「コロナ感染拡大の影響」を考えるだろう。ある専門家は、「非常勤雇用で働くことが多い若い女性は、新型コロナウイルスの影響で勤務先の業績が悪化するとすぐに解雇されやすい」と、その原因を分析していた。

たしかに、経済的な問題は重要な自殺の原因である。２０１９年１年間の自殺者２万１６９人で原因・動機が明らかなものを人数順にあげると、「健康問題（９８６１人）」「経済・生活問題（３３９５人）」「家庭問題（３０３９人）」「勤務問題（１９４９人）」となっている（「令和元年中における自殺の状況」、警察庁、https://www.npa.go.jp/safetylife/seianki/jisatsu/R02/R01_jisatuno_joukyou.pdf）。

ただ、経済的困難に直面しているのは、なにも若い女性だけではないだろう。とくに観光、飲食、小売業などの店舗や会社を経営する男性を多く含む中高年の中にも、この苦境にあえいでいる人は多くいるのではないかと思われる。

なぜいま、若い女性たち、また華やかなスポットライトを浴びてきた役者や芸能人たちが、自らの手で人生を終わらせようとしているのだろうか。ここから先の話は、精神科医としてというより、新型コロナウイルスの感染拡大の影響を仕事や生活の中で実感しているひとりの人間としての考察と考えてほしい。

診察室の中でも、芸能人の自死を話題にする人たちがいる。私が経験した範囲では、その人たちはすべて女性だった。それぞれがどんな人かはプライバシーにあたるのでここでくわしく話すわけにはいかないが、いずれも生真面目な性格で、それゆえに家庭や職場のストレスを真正面から受けてしまい、うつ病や適応障害で通院している人たちだ。彼女たちは「〇〇さん、亡くなってしまいましたね」と語り、そのあと判で押したようにこう続ける。

「どうして私は生きているんでしょうね。私の方がずっと価値のない人間なのに」

彼女たちは世間の人たちと同じように、コロナ禍で外での活動量が減り、家の中ですごす時間が増えた。狭い室内で海外ドラマを見たりスマホのニュースを読んだりしていても、どうしても気持ちは自分の内面に向かってしまう。外で友だちに会ったりウインドウショッピングに出たりして、気をまぎらわせることもむずかしい。これから就職や結婚の予定があった人もいるが、コロナによりその見通しが立たなくなったということも多い。

そうやって気持ちが内へ、内へと向かっていく中で、もともとまじめだったり自己評価が低かったりする人は、「まあなんとかなるよ」と楽観したり「悪いのは私じゃない。補償をしない政治のせいだ」などと原因を外に求めたりができないのだ。

実は、この繊細さは日本の若い女性に限ったことではない。

２０２０年９月23日、いまや世界的人気を誇る韓国の男性グループ、ＢＴＳが第75

回国連総会のバーチャル会合に登場してスピーチを行った。一昨年に続き2回目のことだ（https://www.youtube.com/watch?v=lVbod1-Nx7A）。私は、その6分半あまりのスピーチの全体を暗いトーンがおおっていることに驚いた。

ＵＮＩＣＥＦ事務局長ヘンリエッタ・フォアによる紹介の後に登場したＢＴＳのリーダーであるＲＭは全身を黒い服で包み、硬い表情で新型コロナウイルスの感染拡大で自分たちが受けた影響、というより「絶望と孤独」について語り出した。

「新型コロナウイルスは想像を超えていました。僕たちのワールド・ツアーは完全にキャンセルされてしまい、全ての予定はなくなり、僕は一人になってしまいました。見上げても夜空の星が見えませんでした」

ほかのメンバーの衣装もみな真っ黒だったのだが、ＲＭの次に登場したジミンは、さらに具体的な言葉でこう「絶望と孤独」を語った。

「昨日には全世界のファンの皆さんとともに歌って踊っていたのに、今日は世界が自分の部屋だけになってしまったようでした」

もちろんこれは国連でのスピーチなので、彼らの本音がそのまま語られているわけではないだろう。本当のところは「毎日の忙しさから解放されてホッとした」という気持ちもあったかもしれない。ただ、もしそうならスピーチの最初から「新型コロナウイルスによる活動停止期間は、僕たちにとってとても貴重な時間となりました！」などと明るく語ってもよさそうだが、「自分たちにできるのは新しい音楽を作ること」といったポジティブな話が出るのはスピーチの後半部分になってからで、それまでは困惑、憂鬱、孤独、そして絶望が語られるのだ。

もうひとつ特徴的なのは、彼らがそういったネガティブな感情の中で、徹底的に自分の内面を見つめた、といった話をすることだ。「音楽を作るしかない」と気づくのも、ほかの音楽を聴いたり家族や友人と話したりしたからではなく、「メモをして自分について振り返った」「忘れていた〝僕〟を見つけた」といった作業を通してだと言うのだ。

締めくくりも決して明るいトーンにはならない。リーダーのＲＭは言う。

「僕たちの明日は、暗くて、苦しくて、辛いかもしれません。（中略）月明かりすら見えない時は、お互いの顔をともしびとして進みましょう」

そしてメンバーが口々に「人生は続く（Life gose on.）」と言って、スピーチは終わる。最後まで全員が生まじめな表情を崩すことはない。

コロナ禍での深い絶望と孤独。

世界でいま最も成功し、多くのファンの共感を得ているアーティストであるＢＴＳ

でさえ、それを強く感じているのだ。そして、その中ですべきこととして、彼らは「絆を大切に」だとか「まわりに感謝して」などと言うのではなく、「自分の内面を徹底的に見つめ直そう」と呼びかけているのだ。

そこでBTSのメンバーたちは、内面を見つめ直す作業を経て「そうだ、やっぱり歌を作ろう」と思うことができた。しかし、一般の人たちはどうだろう。「どこにも行けない」「気晴らしすらできない」という絶望と孤独の中で、「私ってなに？」とこれまでを振り返り、内面を点検し直す作業を行ったときに、何かポジティブな答えが出てくるだろうか。

私がそこに懐疑的なのは、自分も同じような経験をしたからだ。個人的な話になるが、昨年、アフガニスタンで凶弾に倒れた中村哲医師の著作を読み返す中で、自分も国際医療ボランティアに行ってみたいという思いが強くなり、今年、ミャンマーやパレスチナに出かける計画を立てていた。もちろんその計画はコロナ禍によって消え、私は自分なりの「絶望と孤独」を味わった。医療ボランティアで得られるはずだった「自分も少しは誰かの役に立っている」という自己肯定感も手に入らず、「結局、私には何の意味もないのではないか」という考えがわき起こってきた。

私の場合、その後、日常の診療や大学のオンライン授業に追い立てられるようになったので、それ以上、自分の価値や意味を深く問い直す余裕もないまま時間が過ぎている。ただ、もし自分の予定や計画が変わり、あのまま部屋にいるしかなかったらどうだっただろう。「私は誰の役にも立てない」から「生きていても仕方ない」までは、さほど距離がなかったのではないかと考える。

では、内面を見つめることなどやめて、目の前の食べもの、ドラマや音楽などの娯楽、友人や家族との他愛もないおしゃべりに没頭すればそれでよいのか。おそらく、先ほどのＢＴＳのような生まじめさがいまの若者たちの共通基盤だとするならば、現実から目を背け、一時的な享楽に逃げることを決してよしとしないだろう。

――ひとりで内面を見つめすぎないで。そして、そこで自分には価値や意味がない、と思わないで。

コロナ禍を生きる若い人たち、とくに女性にはそう言いたい。とはいえ、「じゃあ、どうすればいいの？　先に希望はあるの？　私が社会の役に立てるチャンスがこれから来るって言うの？」と問われたときに、なんと答えればよいのか。国内にも、世界の状況を見わたしても、コロナの感染拡大に限らず、明るい話題はほとんどないに等しいと言ってもよい。その中で、どうすれば「私なんて生きている意味がない」と結論を出そうとする生まじめな若い人たちを、死の淵から呼び戻すことができるのか。

最近、そんなことをよく考えている。

信仰を持つ人も持たない人も読んで

「神も仏もいないんですね」という言葉を、30年以上の精神科臨床の現場で私は何度、耳にしたことか。詐欺にあって全財産を失った、わが子を病気や事故で亡くした、通り魔にあい心身に傷を負った……。こんな人たちが絞り出すように口にする、「神も仏もいない」という言葉に、私はどう答えてよいかもわからず、いつも黙ってうなずくだけなのであった。

2020年以降、爆発的に広まった新型コロナウイルスは、まさに全世界の人に「神も仏もいない」という状況をもたらしたのではないだろうか。そこで世界中から響いてくるそのフレーズに、カトリックの神父はなんと答えるのだろう。もしかして

「そう思うのはあなたの信仰が足りないからですよ」「ただ祈ればいいのです」などと言うのではないか。ひそかにそんなことも考えながら晴佐久《はれさく》昌英《まさひで》／片柳弘史『希望する力　コロナ時代を生きるあなたへ』（キリスト教新聞社、2020年9月）を開いた。

読み始めてすぐ、私は深く反省した。ふたりは、私が意地悪く考えたような安易な答えは語っていなかったのだ。片柳神父は山口県宇部市から、このコロナ禍は「理不尽な苦しみ」だと認める。そして、生きているあいだは、「なぜこんな目にあわなければならないのか」の答えはわからないのだ、と言うのだ。「すべての悲しみは、神様の手の中で喜びに変わる」日はいつか来るが、それまでは「なぜ」と問いながら苦しみ、その中で祈るしかない。この片柳神父の率直な言葉に、これまで診察室で出会ってきたさまざまな人たちの顔が思い起こされ、重なった。

また東京にいる晴佐久神父は、「コロナウイルスは、あらゆる壁を無化した」ことを知るべきだ、と語る。国も民族も貧富の差もなく、誰もが同じ試練を体験することになった。そう思えば、遠くの人の気持ちもわかるし、同時にすぐ近くにいて自分のヘルプを求めている人の存在にも気づけるはず、と言う。晴佐久神父はこれまでもいろいろな立場、状況の人たちと食卓を囲む「福音食堂」というユニークな活動を実践してきたが、さらに教会の近くで暮らす路上生活者を「最寄りさん」と呼び、毎日の食事の一部を届けることにしたのだという。「世界的な危機だから」と意気込みすぎず、「まず『最寄りさん』にかかわろう」とすることで「イエスの原点に立ち返る」という体験ができる。晴佐久神父の行動を伴った言葉は、片柳神父の言う「理不尽な苦しみ」に「なぜ」と問い続ける人たちへの、ひとつの回答のようにも思えた。

理不尽さに苦しみ、自分の無力さを認める謙虚さを忘れない。しかし、その中でも自分にはまだできることがある、と信じてたとえば「最寄りさん」にちょっとした手を差しのべる。その根底にあるのは、教皇フランシスコがコロナ禍の祈りで述べた「恐れるな」という安心と信頼であろう。

「いまはつらいでしょう。でもこれからは良いことが始まる。恐れないで。私がついてるよ」

そう言葉をかけてあげることができれば、信仰のあるなしにかかわらず、目の前で打ちひしがれている人の心の灯になるのではないか。

キリスト教信仰を持っている人はもちろんだが、仏教などほかの信仰を持つ人やそれにひかれている人、そして日本ではいちばん多いとされる信仰をとくに持たない人にこそ、ぜひ読んでもらいたい本だ。「カトリックの神父？　どうせ『神様を信じればすべて解決します』と言うんだろう」という先入観がガラガラと崩れ、生きるヒントがきっと与えられるはずだ。私もなにげなく自分の診察室の片隅に本書を置いておいて、「この本、どんなことが書いてあるんですか？」と興味を示した患者さんには貸そうかな、などと思っている。

第三章

自分を追い込みすぎていませんか

そのときは、そのとき

今年の春頃、ある地方で病院に勤める友人医師から久しぶりに連絡が来た。

「ウチの病院でも高齢者へのワクチン接種が始まったんだけど、予約がうまくできないという人たちが直接、来院して混乱しているんだよねえ」

70代、80代の方たちは、「電話は通じにくいし、ネット予約はやり方がわからない」と不安を感じているとのこと。それは当然だろう。

もちろんこれはこの病院だけのことではない。東京の私の勤務先の病院でも、ひとり暮らしの高齢者で「ワクチンの予約はもうあきらめました」と言い出す人がいた。「そんなこと言わないで、お手伝いしますよ」と必死に励まし、看護師さんに頼んでいっしょに予約を取ってもらったこともあった。

また、私が日曜日などに定期的に手伝っている接種会場でも、毎回、予約をせずに接種券を握りしめて来場する高齢者がいる。担当者が「予約が必要なんですよ」と言うと、「じゃここでお願いします」と頭を下げる。「ここは接種だけで、予約は別のセンターでやっているので」と説明しても、「だって〝ワクチン会場〟と玄関に書いてるじゃないですか」となかなか納得してくれない。その様子を見ながら、「これはこの高齢者の方が悪いんじゃないよな」といつも申し訳なく思う。

２０２０年の末、世界でワクチンの接種が始まったときは、知人の医学部の教授は「コロナとの闘いも8合目まで来た。山頂が見えてきました」と興奮していたが、山頂はまだだいぶ先のようにも思える。

このようにコロナ禍が長引く中、「これ、いつまで続くの？」と息切れしそうになる人もいると思う。「もう、耐えられない！」とキレそうになる人もいるはずだ。短距離走でも中距離走でもなくて、マラソン。それをどうやって乗り切っていくかが、いま課題となっている。

診察室では、いつもふたつのことを話す。

ひとつは、「視野を狭くして、目の前のことだけを見てもいいんじゃないですか」ということだ。そう言うと、多くの人は「え？　視野を広げるんじゃなくて？」と驚くが、ゴールがまだ見えない中、とにかく「いまこの時間、今日このいちにち」と考えて、それをなるべく楽しくすごせるように工夫する。

そして、「朝はパンだったから昼はうどん、夜はごはん。なんてバラエティに富んだ日でしょう」となるべく自分をほめるのが、ふたつめのコツ。「私ってダメ」「これじゃいけない」というワードはNGにした方がいい。「私ってすごい」「けっこうやるじゃない」を1日10回を目指して心の中で言ってみて、と伝えることもある。

「じゃ、先はどうなるんですか?」ときかれたら、「それはまた考えましょう。そのときは考えるお手伝いしますよ」と答える。そう、そのときはそのとき。なんとかなる。助けてくれる人もいる。息切れしないように、みんなで励ましあってマラソンをゆっくり走っていきましょう。

「あれ、ついてないな」と思ったら

「ついてない」ってなんだろう、と最近よく考える。
バス停に着いたら、目の前でバスのドアが閉まり発車してしまった。いつものヨー

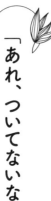

グルトを買いにコンビニに寄ったら、ちょうど売り切れ。家に着くと、ベランダに干してあった洗濯物が日中の雨で濡れていた。こんなことがあったら、誰でも「あーあ、ついてないな」と思わずつぶやいてしまうのではないか。

この「ついてない」には、もちろん何かの原因があるわけではない。おそらくは、ただの偶然で、良くないことが続けて起きたのだろう。ただ、多くの人は偶然や不運をそのままにはしておけず、「何か理由があるはず」と思いたくなってさがしてしまう。

ここからが問題なのだ。「自分を追い込む理由」と「自分をラクにする理由」を見つける人にわかれるからだ。たとえば、「この頃、怠けているからバチが当たったのだろう。気を引き締めなければ」というのは、「自分を追い込む理由」。一方で、「最近、ちょっと疲れていてカンが鈍ってるんだな。週末はゆっくりしよう」というのは、「自分をラクにする理由」だ。では、どちらを選ぶ人が多いか。答えは半々です、と言いたいところだが、実際にはなかなか「ラク」を選ぶ人がいない。

とくにコロナ禍が始まってから、感染対策に神経を使い、「手を抜いてはいけない」という考えが頭を占めている人が増えた。でも、考えてみてほしい。これまでは外出してパン屋さんの前を通りかかり、「おいしそうなメロンパン！」とひとつ買って、家まで待てずに公園のベンチでパクリ、などということもあったはずだ。ところが、いまは「ちょっと待って。手を洗ってないのにパンを食べるのはいけない。いくら袋に入っていても、指が触れるかもしれないし。それに食べるあいだ、マスクをはずすのも危険だ」などとあれこれ心配になってしまう。そのまま食べるのをやめるにしても、「気をつけながら食べよう」と実行に移すにしても、何らかのストレスが生じるのはたしか。

毎日がそんなことの連続では、知らないあいだに気持ちのエネルギーが削ぎ取られてしまうのではないだろうか。

もし、次に「あれ、なんだかついてないな」と感じたら、「休息が足りないというサインじゃないかな」と考えてみてはどうか。そして、「よし、今夜はのんびりして早寝しよう」と自分を休ませるきっかけにすることをおすすめする。こころとからだが十分にくつろぐことができたら、きっと気分もスッキリし、「なんだかついてるな」と思える日もきっと来るはずだ。ツキを取り戻すためにも、自分を追い込まずに、むしろのびのびさせてあげるのだ。このやり方、ぜひ一度、試してみてほしい。

あなたの出番は必ずやって来る

２０２０年、新型コロナウイルス感染症の問題に絞ったチャット式の心の相談事業にしばらくかかわった。そこで何人かの相談者から同じような言葉を聞いて、ハッとすることがあった。それは次のような言葉だ。
「あなたはいいですよね。こうやって相談される側で、誰かの役に立つことができて。仕事がずっと休みになってしまった私は、誰の役に立つこともできず、情けないです」

この心の相談は主に夜に受けているので、診療のあと相談室に足を運びながら、正直言って「疲れたな。休みたい」と思うこともあった。でも、多くの人の相談を受けたあとは、たしかに「少しは役に立てたかな」という手ごたえを感じる。

一方、緊急事態宣言で仕事じたいが休みになって、在宅で待機をしていた人たちはどうだろう。「休暇ができてよかった」と思った人は、実はわずかだったのではないか。ニュースを見ると、世界の国がコロナの被害を受けていることが連日、報道される。「私も何か役に立ちたい。ウイルスとの闘いに参加したい」と思う人もいただろう。それにもかかわらず、「とにかく家にいてください」と言われるばかりなのだ。
先ほどの相談者のように、「何もできずに情けない」と感じる人もいたのではないか。
では、「家にいる」のは、何もしていないことと同じなのだろうか。それは違うと私は思う。いま、いちばん大切なのは、まずは感染しないこと、そして感染させないこと。ウイルスは自分では移動できないので、それを運ぶ人間が動きを止め、人に会うのを減らすしかなかった。それは、その人が役に立つ、立たないといった問題とまったく関係ない。

そして、ステイホームの期間に体力を整え、本を読んだり考えを深めたりするのも、実はウイルスとの闘いだ。なぜなら、いまは直接の治療にあたる医療従事者が先頭に立っているが、感染の流行が収まってきたら、〝選手交代〟することになるからだ。今度は世の中を立て直すために、医療従事者以外の多くの人たちの知恵と力が必要になる。そのときのために、十分な備えをしておいてほしいと思う。

製造、教育、出版、映画や音楽、飲食、観光などなど。感染症の収束が見えてきたら、ありとあらゆる分野の人たちが、「よし、今こそ私の出番だ」と腕まくりをして力を発揮する場面がやって来る。そのときには私のような医師や、看護師、カウンセラーなどは、ゆっくり休ませてもらうことにしよう。

いまは「家にいてください」と言われていても、あなたの出番は必ずやって来る。そのときのための準備期間を、しっかりすごしてほしいと思う。

時間がかかってもいいじゃない

緊急事態宣言が出ているあいだも、全国で多くの銀行や郵便局などは通常通り営業していた。ある日、急ぎの振り込み手続きがあったので、午前の仕事を早めに切り上げて病院近くの銀行に出かけた。ロビーをのぞくとあまり人がいなかったので、「ラッキー。空いているんだな」と入ろうとすると、警備員に止められた。「ただいま入場制限をしています。あちらにお並びください。順番にお呼びします」

指された方を見ると、長い列ができていた。ここに並び、ひとりがロビーから出たらひとり入れる、というシステムのようだ。言われた通りに列の最後に並び、ロビーに入るまで30分、全部の手続きが終わるまで1時間以上かかった。銀行を出る頃にはぐったりと疲れ、「これだけで午後が半分近く終わりそう、時間をムダにしてしまった」とつぶやいた。

しかしその後、すぐに「いや、この時間をムダだと思うのは間違っている」と思い直した。何かの手続きをするのに時間や手間がかかるのは、よく考えてみればあたりまえだ。ものを買ったり、切符の手配をしたりするのも同じだろう。昔はひとつのことをするのに長い時間がかかった。

それがいつの間にか、どんなことも効率が良くなってすぐにできたり、ネットで24時間対応可能となったり、と便利になった。それにすっかりなれてしまい、時間や手間が少しでもかかると「ムダだ」とイライラするようになっていたのだ。

もちろん、今回の事態は新型コロナウイルス感染症の広がりによって起きているのだから、それは一日も早く収束に向かってほしい。ただ、その後また、私たちは効率第一、スピード最優先の社会に戻ることを選ぶのだろうか。「なんでも時間がかかるのはあたりまえ。スムーズに進まないのも当然のこと。ゆっくりいきましょう」という世の中を作れないものか。そんな〝コロナ後のスローな社会〟を空想した午後であった。

「頑張りすぎてしまう」あなたへ

いつもは楽しみな年末年始、夏休み、大型連休なども、この2年あまりはいつもと違う姿となった。

「どこに行こう」ではなくて、「どこにも行かないようにしよう」。「あれもしたい、これもしたい」ではなくて、「あれもしたいけどがまん、これもしたいけどやめておこう」。

私たちは、基本的に努力好きでがんばり屋だと思う。診察室で「私は〝なまけもの〟なんです」と言う人がいるが、くわしく話を聞くと子育てやアルバイト、親の介護など、精いっぱいがんばっていることが多い。〝なまけもの〟だなんてとんでもない。自分への要求のハードルが高いだけなのだ。「本当になにもしてないんですね」という人はほとんどいない。

そんながんばり屋の私たちは、「新型コロナウイルスを撃退するために、これを食べましょう。こういう活動をしましょう」と言われたらたぶん一生懸命にやるだろう。

でも、いま言われているのは、「なるべく動かずに家にいましょう」「外で何かをやろうとしないでください」ということばかり。災害なら復興や医療活動の手伝いなどのボランティアもあるが、いまはそれもできない。

こういうときはちょっと開き直って、「いまは私や家族のためだけに使えるぜいたくな時間」と思ったほうがいいかもしれない。念入りに髪やネイルなどのお手入れをする、前から好きだったミュージシャンの作品をデビュー作から全部聴く、子どもといっしょに手の込んだお菓子作りに挑戦する。「誰かのために何かやりたい」「コロナを封じ込めるためにがんばりたい」という気持ちをいまはちょっとおさえ、「この時間を私や家族が〝心の栄養〟を貯める時間に使っちゃおう」と考えてみるのはどうだろう。

そして、感染の状況が落ち着いたら、十分に貯めた〝心の栄養〟を、思いきりいろいろな場で生かしてほしい。そのとき、あなたの力を必要としている人たちはたくさんいるはずだ。

いざというときの助け合い

コロナ禍に加えて、気候変動の影響もあるのか、近年は長雨や豪雨もめずらしくなく、各地が大きな被害を受けた。とくにこの2年は、避難や救助、あと片づけなども新型コロナウイルス対策を行いながらすることになったので、被災者や関係者の疲労は何倍にもなるだろう。

この2年、大きな自然災害でなんとか難を逃れて避難所などにたどり着いた人は、みな助け合いながら過酷な日々に耐えていたようだ。親戚宅など次の場所に移る人と避難所に残る人が、「また会いましょう」「お互い元気でがんばろうね」と涙の別れをしている映像をニュースで見ていると、こちらもつい胸が熱くなる。昔から親しくご近所づき合いをしていた人たちも多いようだ。

「避難所ではお互い顔を知っている人どうしの方が心強いだろうな」と思いながら、いまからおよそ10年前の奄美大島の豪雨のことを思い出した。その年の10月、奄美大島で発生した豪雨により島のいたるところで土砂崩れが起き、道路が寸断されたことは全国でも大きく報道された。私が働く診療所には当時、奄美大島出身の看護師がいたので、同僚たちはみな「早く実家に帰った方がいい」と言った。彼女には高齢の母親がおり、島でひとり暮らしをしていたのだ。

するとその看護師は、笑顔でこう答えた。

「電話で無事を確認したのでだいじょうぶです。私なんかが帰るより、近所のみなさんの方がよほどたよりになるんです。実際に、いちばん雨がひどかったときは、向かいの人が母親を背負って安全なところに避難してくれたそうです」

彼女が言うには、島ではとなり近所の結びつきがとても強く、若い人はそれが面倒になって島を離れることもあるが、いざとなったときは必ずお互い助け合うのだそうだ。

私たちはそれからひとしきり、「それはすごい。私も東京を離れてそういうところに住もうかな」「いや、でもちょっと冷たいくらい他人に無関心な方が自由だよ」などと、「都会か地方か」という話をしたのだった。

もちろん、いくら話し合っても「都会か地方か」という問いに答えが出るわけではない。ただ、災害の多い日本では、「いざというときの助け合い」は欠かせない。いちばんいいのは、ふだんはクールにしていても、避難が必要なときなどは親戚や親友のように助け合い、励まし合える関係だろう。でも、そんな関係を築くのはむずかしい。次々に報じられる被害のニュースに胸が痛くなりながら、「次の準備をどうすればいいのか」と考えてしまったのであった。

こういうときだからふるさとを大切に

札幌生まれで幼い頃、家族で小樽に引っ越してきた私にとって、2021年で55回目を迎える「おたる潮《うしお》まつり」は、ものごころついた頃からずっとある夏の風物詩だ。でも、2020年からはコロナで中止が続いている。

SNSを見ていたら、ネットの動画配信サービスを使って祭りのテーマ曲「潮音頭」にあわせみんなで踊ろう、との呼びかけがあった。スマホやカメラがあれば全国どこからでも踊りに加われるという。私は「お祭りの会場じゃないところでひとりで踊ったって楽しくないのでは」と疑いながら、動画の中継を見てみた。

モニターの画面の中央には、提灯で飾られたやぐらが映っている。そして、小樽の人にとってはおなじみのメロディーが流れだすと、画面上のいくつにも分割された小窓で大勢の人たちがそれぞれ踊り、ときどきクローズアップされる。市長や浴衣姿の女性グループ、小樽の商店街でひとり踊る人、自宅のリビングやベランダで家族で踊っている人たちもいる。はっぴを着て赤ちゃんを背負って踊る夫婦、ばちを持って太鼓を叩くようなしぐさを続けるお年寄りの姿も見えた。みんな楽しそうでそして真剣、指先にまで心を込めて大切なふるさとの踊りをきちんと踊ろうとしている。最初は笑いながらながめていた私だが、途中からポロポロ涙がこぼれて来て困った。

おそらくこの2年、全国で夏祭りや花火大会が中止になり、それでも何とかしたいと願う人たちが、こうして工夫しながらふるさとを愛する人たちの心の結びつきを守ってくれているのだろう。その人たちのがんばりに感謝しながら、「来年こそはホンモノの踊りの輪に入りたい」と心から思ったひとときだった。素直に「ふるさとっていいな」と思えたのも、思わぬ収穫であった。この機会に、ふるさとがある人もない人も、「自分にとって大切な場所ってどこかな」と見直してみるのもよいかもしれない。

ちょっと勉強してみようかなと思ったら

コロナ禍のときだからこそぜひ読んでもらいたい本がある。とはいっても、医学・医療の本でも、経営の本でもない。その本とは、『岩波新書解説総目録 1938—2019』という。索引を入れると700ページ以上だが、1100円と手頃な価格だ。

岩波新書は何冊か読んだという人も多いだろうが、1938年以来、3400点あまりが刊行されてきた。そのジャンルは歴史、科学、政治・経済、哲学からアート、ノンフィクションまで、多岐にわたっている。すでに絶版になったものもあるが、それも含めて簡単な内容紹介をつけて総目録にしたのが本書なのだ。日本のこの80年の「知の歩み」が凝縮されたガイドブックといえよう。

こうして説明してくると、「こんな時になぜこの目録を？」と首をかしげ、こう言いたくなるかもしれない。

「コロナで毎日がたいへんだし、読むならもっと仕事や家事に役立つ実用的な本がいい本だ。

実は、本書はそういう人にこそ、ぜひ手もとに置いてときどきパラパラ眺めてほしいな」

コロナの感染の拡大によって、誰もがその情報を集めるのに夢中になった。それは当然だ。「症状は？　対策や治療法は？　検査はどうやれば受けられるの？　ワクチンは？」と多くの市民が情報を求め、少しでもくわしそうな人のＳＮＳアカウントにも質問が殺到した。それに対して、一部の医療従事者たちは感染症の知識や自身の見解を積極的に発信した。とくに若い医師たちはわかりやすい動画を作ったりイラストで図解したりし、「いまの人たちはすごいな。私の世代とは違う」と感心したことも少なくなかった。学校の先生やカウンセラーなどもそれぞれの専門を生かして、「この時期をどうすごすか」という発信を行った。

しかし、そういった専門家たちのＳＮＳアカウントで過去の発言、とくに専門外のことについての発信をたどってみると、「あっ」と声を上げたくなることがあった。残念なことに、社会や政治、歴史などに関してあまりに知識がなく、デマ情報を簡単に信じている人たちがいたのだ。思わずＳＮＳごしに「先生、いま引用したそのサイトは歴史に関する悪質なデマで有名なところですよ」と話しかけてしまったこともあったが、「あなただって歴史の専門家ではないでしょう」などと信用してもらえなかった。

それにしても、専門分野についてはこれほどよく知っており、海外の文献も読むなど勉強熱心な人たちが、それ以外の分野についての知識がこれほどまでに欠けているのはなぜなのだろう。そう思っていたら、あるとき同じ思いを抱いたと思われる人が、ＳＮＳにこんな内容の投稿をしていた。

「医者などの専門家が世間知らず常識知らずになるのはあたりまえかもしれないけど、彼らがちょっと政治や経済や社会問題を勉強しようと手をのばしたところにあるのが、いまはデマサイトやフェイクニュースなのではないか」

それを読んで、「なるほど」とうなずいた。私が若かった頃は、忙しい臨床の合間に社会的な問題や歴史、医学以外の科学に少しでも関心が向いたとき、いちばん身近にあるのは岩波新書、中公新書のような新書だった。図書館まで行く時間がなくても、新書なら駅前などの大きな書店にはたいてい売っている。アルバイトで当直病院に行くときは、いつもバッグにさまざまなジャンルの新書が入っていた。専門書より気軽に読めて、基本的な知識が書かれている新書は、良い気分転換になるのだ。小説のように「読み始めたら止まらない」ということもないから、当直室で少し読んでは病棟からの呼び出しで中断、という読書に適していた。

しかし、今はどうだろう。たとえば若い医師たちは当直室で時間があるとき、何をしているのか。おそらく勉強しているか睡眠時間を確保しているか、さもなくばスマホやタブレットでネットを見ているのではないか。そうなると、たとえばふと「アイヌ文化ってどんなだろう」と思ってネットを検索をすると、「アイヌ民族などもういない、いまアイヌを名乗っているのはなりすましだ」といった差別主義的なフレーズが書かれたデマサイトが真っ先に目に入る。予備知識なくそういった情報を見ると、「そうだったのか」と深く考えずに信じてしまうかもしれない。

もちろん、新書に書かれていることは真実で、ネットにあることはすべてウソ、と言いたいわけではない。ネットにもファクトを重んじた良心的なサイトもあれば、新書の中にも売り上げ目的なのか、エビデンス（科学的なデータによる証拠）もないままに大胆な仮説がつづられたものもある。とはいえ、老舗出版社の新書の内容は、それなりにその分野では定説になっていたり学術的にも裏付けがあったりする、と思ってよいのではないか。

今回、紹介した新書解説目録は、そういう意味で「現在の学術的な常識」が網羅されていると言える。それぞれの数行の解説を見るだけでも、「なるほど、中国近代の知性をひとことで言えば、『儒教的世界観と西洋知の接続』なのか」「空海思想の基本概念は、『風雅・成仏・政治』か。なんだか現代的だな」と知識が増え、さらに「サルトルか。名前は知ってるよ。へえ、『時代に〈参加〉することを、〈人間〉とは何かを問い続けた』のか。この新書、ちょっと読んでみようかな」と実際に読みたくなる本にも出合えるに違いない。

そう、こういうときだからこそ、それぞれの分野の専門家こそ、ぜひ幅広く、そしてなるべく正確な知識と教養を身につけたいものだ。

オンライン授業もいいけれど

大学ではずっとオンライン授業というのをやっている。パソコンとネットを使って、画面に資料を出しながら音声で解説したり、自分の顔を映してテレビのキャスターの

ように話したり、いろいろなやり方があるが、教員はみな四苦八苦している。もちろん新型コロナウイルス感染症の影響だ。

しかし、学生には驚くほど好評だ。「通学時間がないので助かる」「隣の席の人などがいなくて集中できる」「後ろの席に座って黒板が見えない心配もない」などと言っている。

たしかに教員も教室内の私語を気にしなくてよいので、テキストの解説などはスムーズに進む。質問も画面の掲示板のようなところに書いてもらえばよいので、すぐに答えを返すこともできる。

ただ、ときどき「でもこれでいいのか」と考える。勉強の効率ということだけを考えれば、たしかにオンライン授業は悪くない。とはいえ、大学などの学校の良さは勉強だけではないはず。何度も同じ校舎に通って、だんだんと「ああ、ここが私の母校なんだな」と実感できるようになる。学生食堂のカレーの味にもなれて、おいしいと思えるようになる。キャンパスの木を見て季節の移り変わりを感じる。これらも大切な学生生活の一部だ。

オンラインではそういったものがいっさい味わえない。教員も知識や情報を与えることはできても、学校の雰囲気や味わいまではオンライン授業では伝えられない。

やっぱり多少、通学には時間がかかって不便でも、早く学校で授業をしたり受けたりできる日がやって来るといいな。私はそう思っている。大学生だけではなく、高校生や小中学生も同じではないだろうか。気軽に受けられて学習成果が出やすいオンライン授業もいいけど、教室で「おはよう！」「まだ眠いよ」と声をかけ合う良さはなにものにも代えがたい。教育に必要なのは効率だけではないはずだ。

「それって、うつ病？」と思ったら

「うつ病」という言葉を知らない人は、もはやいないと思う。

「うつ病にまったく興味も関心もない」という人も少ないだろう。これは若い人も同じようで、大学の授業で「私は精神科医という仕事もやっているのですが、何の話をききたいですか？」とアンケートを取ると、いつも圧倒的に1位は「うつ病について」

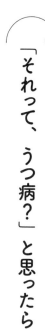

です。ある意味で、うつ病は〝国民的関心事〟と言ってもよいのではないだろうか。とくに、コロナ禍になってから「コロナうつ」という言葉もできて、うつ病になる人がさらに増えているという報道もある。

実際に、うつ病にかかる人はとても多いと考えられる。厚生労働省が各自治体などに提供しているうつ病についての国民向けパンフレット案にも、こういう記述がある。「欧米よりは低いものの、生涯に約15人に1人、過去12カ月間には約50人に1人がうつ病を経験しています」（厚生労働省「うつ病を知っていますか? 国民向けパンフレット（案）」より。https://www.mhlw.go.jp/shingi/2004/01/s0126-5d.html）

15人にひとり。1割には届かないが、0.67割。これは相当の高率と言える。小学校のクラスメートが30人いたとしたら、そのうち少なくともふたりは、将来の同窓会で「去年、うつ病になってね」などと話すかもしれないということなのだ。

この話をすると「そんなにうつ病の人がいるなら、精神科の外来には患者さんがあふれてたいへんでしょう」と言われるが、実は医療機関を受診するうつ病患者はこれよりずっと少ないと考えられている。先のパンフレット案から再び引用しよう。

「うつ病にかかっている人の1／4程度が医師を受診していますが、残りの3／4は、病状で悩んでいても病気であると気づかなかったり、医療機関を受診しづらかったりして、医療を受けていません」

つまり、さまざまな健康調査などからどうやら「15人にひとりがうつ病にかかる」ということはわかっているのだが、治療を受けているのはそのうちのわずか25％。そうなると、「うつ病でかつ医療機関を受診している人」の割合はぐっと下がって、１．７％ほどとなる。

――え、じゃ、うつ病なのに医療機関に行ってない、つまり治療を受けていない１／３の人たちはどうなるの？

そういう疑問の声が当然あがるだろう。ほかの病気、たとえばがんであれば、「１／４は病院に行くが、３／４は医療機関にかからない」ということはないはずだ。もちろん、健診などでがんの疑いがあっても自分の信念で医療機関を受診しない人もいるだろうし、がんの中には寿命を短くしない〝サイレントながん〟もあるから、がんになっていることに気づかずに一生を終える人もいるとは思う。とはいえ、「３／４は受診しない」ということはないはずだ。

では、「うつ病になっているけれど医療機関に行かない３／４の人たち」はどうしているのか。

はっきりした調査はないのだが、その人たちは「うつ病のまますごしている」か「知らないあいだに治っている」と考えられる。

うつ病は、あとからお話しするように、「どこまでがうつ病未満で、どこからがはっきりしたうつ病なのか」がわかりにくい病気なのだ。レントゲンにも映らないし、血液検査でも何か特定の数値が上がったり下がったりするわけでもない。レントゲンなどで病気の客観的な証拠を見つけることがむずかしい。

また、本人にとっても、うつ病はわかりにくい病気だ。「うつ病」というからにはその症状の柱は「気分が憂鬱になること」なのだが、憂鬱な気分じたいは私たちが日常的に経験するものだ。原因があってそうなる場合も、自然に起きる気分の波からそうなる場合もあるが、「一度も気持ちが憂鬱になったことがない」などと言う人はいないだろう。

だから、いま自分が体験している鬱々とした気分がうつ病だから生じているのか、それともちょっとした気分の波からそうなっているだけなのか、見分けるのは意外にむずかしいのだ。病院を受診する人の中にも、「考えてみれば去年あたりからこういう気分が続いていたのだが、前から落ち込みやすいしそのうち良くなるだろう、と放っておきました」と話す人もめずらしくない。

そして、最近になって精神科の医者側からも、「なんでもかんでも『うつ病』と診断して治療しなくてもいいんじゃないか」という意見が聞かれるようになってきた。

私の友人でもある精神科医の井原裕氏は、近年、「うつ病は生活習慣で改善する」という主張を本などに書いている。井原氏は、うつ病の多くは、抗うつ薬などによる治療によってではなく、「生活リズムの立て直しと運動」で回復させることができる、というのである。井原氏がとくに重要視するのは睡眠だ。

井原氏の著作のひとつである『生活習慣病としてのうつ病』（弘文堂、２０１３年）を出版したときの著者インタビューから引用してみよう。

「――現在、先生は獨協医科大学越谷病院で『薬に頼らない治療』を目指し、生活習慣病という観点からうつ病治療に当たっていますね。

井原氏：本書のタイトルも『生活習慣病としてのうつ病』です。うつ病には生活習慣病としての側面があります。一般に生活習慣病というと、高血圧や糖尿病、高脂血症などを想像するでしょう。そのための生活習慣の改善といったら、食事や運動、呼吸器の疾患なら禁煙などヘルシーな生活習慣への改善を思い浮かべることでしょう。

しかし、私が『生活習慣病としてのうつ病』という言い方をする場合の生活習慣とは主に睡眠です。十分な量の睡眠を取り、なおかつ睡眠・覚醒のリズムを整えることで、自律神経のリズムやホルモンのリズムも整い、ストレスに対する対応力も上がっていく。そうすることで、うつだろうが、不安だろうが、不眠だろうがよくなっていきます」

あるとき、精神科医が集まる学会で会って雑談をしたときに、井原氏はこう言っていた。

「私のうつ病外来の基本は、患者さんに生活日課表を書いてもらうことと、万歩計をつけてどんどん歩いてもらうこと。およそ精神科外来のイメージとは違うかもしれないけど、それで多くの人が治っていくんだよね」

私は、「それじゃ医者というより〝生活コーチ〟だな」と思ったのですが、たしかにコロナ禍になって多くの患者さんを診る中で、メンタルを保つためには、まず「食べる、眠る、そして運動する」が大切だとひしひしと感じさせられている。

「気持ちが落ち込んで、クヨクヨしてしまう。これってうつ病？　早く精神科に行ってクスリをもらわなきゃ」と思う前に、まず生活を見直す。そして、ちょっと自分に問いかけてみる。

――コロナ禍が長く続いているんだもの、明るい気持ちになれなくて当然じゃないかな。すぐに「うつ病」って自分で決めつけずに、生活をもうちょっと見直してみよう。

もちろん、それでも回復しないときは、ためらわずにいつでも診察室にいらしてください。

身近な人を大切にしていますか？

自分の話で恐縮だが、コロナ禍になって以来、私は医師として、実際に感染疑いがある発熱者からおそらく不安で体調を崩す人まで、さまざまな〝コロナ被害〟を診る日が続いている。また、何度か記したように、大学教員としては突然、始まったオンライン授業に対応するため、長時間の会議（これまたオンライン）に疲弊したり、「音声が出ない！」とあわてたりする日々を重ねている。

ただ、幸いにして私は仕事をすべて失うこともなければ、毎日、家にいることを要請されたりもしていない。感染のリスクのある病院に行くのは緊張するが、万が一、〝自粛警察〟のような人に詰問されたとしても、「診療なので」と言えばいい。外出の正当な理由はあるわけだ。そういう意味では、コロナ禍でも生活が根本から変わったわけではなかった。

一方で、生活が完全に一変したという人も少なくないだろう。会社に毎日行っていたのにある日からテレワークになったり、バイトを含む非正規の仕事がまったくなくなってしまったり。「子どもの学校が休校続き、三食を作りまとわりついてくる子どもの相手をするのがストレス」という相談も診察室にはけっこう寄せられている。もちろん収入が激減している人にとって自粛は死活問題だ。とはいえ、給料が出ていたり休業補償があったりすれば「ステイホーム」はありがたい休みなのか、というとそれも違うようなのだ。

私は、なんだかんだ言って、現代人とくに日本の人たちは基本的に「まじめで努力家」だと思う。うつ病の人に「回復期には適度な運動もいいですよ」と伝えると、毎日、一生懸命にジョギングをしてその記録を見せてくれる。性能のよい翻訳ツールが出ているにもかかわらず、英語を勉強したいという熱はいっこうに冷めないようだ。自己啓発本やセミナーも相変わらずの人気。私たちは、より良い自分になるため、もっと成長するためにならと、努力もお金も惜しまないのだ。

ところが、コロナを防ぐための自粛では、その「まじめで努力家」の性質もあまり発揮できない。「コロナを撲滅するために私も何か手伝いたい」と出かけても、「いまは家で静かにしていてください」とたしなめられる。観光地に行ってお金を落として応援、と思っても、「いまは来ないで」と拒絶される。

私たちができるのは、せいぜい手洗いとうがい、あとは短い動画を撮ってSNSにあげて誰かを楽しませることくらい。もちろん、家にいても語学の勉強や読書、筋トレなどで自分を高めることはできるが、それは必ずしも社会への貢献や他者からの承認にはつながっていない。「こうやって自分を鍛えて……それでどうなるの？　もしこのまま自粛がダラダラ長引いたら、スポーツの試合に出たりもできないし」と先のことを考えると、なんだか暗い気持ちになってくるのではないだろうか。

かつてマズローという心理学者は、人間の欲求を5段階に分け、その欲求は社会の発展に伴って「生理的→安全→社会的→承認→自己実現」と進化していくことを説いた。私は、現在はさらにその先、「自己有用感獲得欲求」ともいうべき段階に達していると考えている。これは、まわりから認められ、なるべき自分になれたと思ったさらにその後、「誰かの役に立ちたい。自分が社会のためになったという証しをのこしたい」と思う欲求のことを指す。そのためには多少の自己犠牲もいとわない、という人もいるだろう。

今回、世界各国で医療従事者が命のリスクも顧みず、コロナ感染者の医療に献身的に携わっている。その中には「仕事だから仕方ない」と働いている人もいる一方で、自ら志願してコロナ病棟に出向く医師や看護師、さらには医学生や引退した元看護師なども少なくない。彼らはおそらく純粋に「誰かの役に立ちたい。そのために自分の力を発揮したい」と考えているのだろう。もちろん、お金や功名心のためではない。

私の知人にもそんな医師がいるが、彼は重労働に疲れきり感染のリスクをおそれながらも、「自分は本当にひとの役に立っている」という実感があるからなのか、いきいきとして見える。これまで週末はほかの病院で当直のアルバイトをしていたが、「潜在的な感染の危険性があるあいだは」とやんわり断られてしまったそうだ。収入は激減したが、「いまの病院の売店が、医療者応援フェアをしてくれ、お菓子なんかが安く買えるんだよ」とうれしそうに話していた。常識的に考えれば「当直のアルバイトは一回数万円。それがなくなったんだから、お菓子が100円引きで買えても意味はない」と思うところだが、彼にとっては売店の人が「先生、おつかれさま。ありがとう」と値引きをしながら笑顔で言ってくれることのほうが、ずっと満足感が大きいのだと思う。「その気持ち、わかる」という人も多いのではないか。

このように、「自分は役に立てている」という感覚、心理学でいう「自己有用感」は、現代人にとって、お金より、時としては健康よりも大切なものなのだ。

ところが、多くの人は「ステイホーム」でそれを感じる場面を失ったまま、2年近くも日々をすごしている。それどころか、「休業補償は出すからずっとただ家にいろ、だなんて、自分はそんなに必要のない人間なのか」と次第に有用感は下がっていくことにさえなりかねない。

私の診察室にもそんな人が来たことがあった。プライバシーに配慮して細部は変えてそのときの話を記してみたい。

その人は、長年の夢であった小さな飲食店を開店した直後に、コロナ禍がやってきたという。緊急事態宣言が出て、「営業は8時まで」「お酒はダメ」と言われ、買いつけてそろえていた日本酒も出せない。その中には防腐剤が入っていない生酒もあり、何本も誰にも飲まれないまま捨てることになった。

「東京都からは協力金が出るので、なんとかいまのところランチ営業で店は維持していますが」と彼はうなだれた。「これまで長いあいだ修行し、準備してきたことは何だったのかって。お客さんにおいしいお酒と料理で、都会の夜のひとときを楽しんでもらうのが夢だったのに。自分がやってきたことは無駄だったのかと思うと、生きてきたことにも意味がないように思えるんです」

このように、「誰の役にも立てていない」という感覚は、私たちのメンタルヘルスを急激に弱らせていく。いつの日かコロナが収まり、自粛から次第に通常の生活が再開されることになっても、一度「私はいらない人間」と思い込んでしまった人は、すぐに元に戻ることができず、世の中に自分の〝足場〟を見つけにくくなるかもしれない。

では、どうすれば家にいながら自分の自己有用感を感じ、「私は誰かに必要とされている。世の中の役に立つことができる」という気持ちを失わずにいられるのか。それが精神科医の私にとって、いまいちばんの関心事であり課題だ。

診察室ではよく、こう言う。

「いまはコロナ後に来る新しい社会への〝備え〟の時期です。きっとこれからいろいろなことが変わると思います。その準備のため、いろいろなことを考えたり知識を身につけておいたりしてください。きっとそれが生かせる日は来ますよ」

自信を失いそうになりながらも、「どんな社会になるか」「そのとき必要なのはどんなスキルや能力か」と、一生懸命考えてプランを作る。それだけでも、「ただ切り捨てられている」という気持ちにならずにすむのではないか、と期待しての言葉だ。

とはいえ、そう口にしている私も、「もしロックダウンになって診療所もしばらく閉鎖、などとなったら何をしてすごせばいいのだろう」などと不安になることがある。

そんなときは、まず自分がごく身近な人にやさしくできているか、ということを考える。「社会のために何かしたい」と思うような人が、妻や夫や子ども、あるいは友人に対してイライラをぶつけている、などというのはおかしなことだろう。

――こういうときは視野をあまり広げずに、自分のまわりにいる家族や友人、職場の後輩などに、「あなたがいてくれてよかった。ありがとう」と言われる人になることを目指そう。

私自身も、繰り返し自分に言い聞かせ、こう問いかけている。

――社会の役に立つのはたしかに立派なことだ。でも、いちばん近くにいる人たちを犠牲にしてないかな？

これ、おすすめです。

やっぱり「食べること」と「運動すること」

私が専門とする精神科でいちばん多い疾患と言えば「うつ病」だが、その実態や原因にはまだよくわかっていない点がある。

最近の解説書には、「うつ病は脳内化学伝達物質のセロトニン、ノルアドレナリン不足で起きる」とよく書かれている。「うつ病といえばセロトニン不足」と一般の人もだいぶ知るようになってきたのではないか。

ところが最近になって、精神医学の研究分野では、また別の仮説が注目を集めている。それは、ＢＤＮＦ（脳由来神経栄養因子）仮説というものだ。このＢＤＮＦが不足することにより、脳の神経細胞がダメージを受けて、その結果としてうつ病が起きるというのだ。専門的になりすぎるので、ここでは「ＢＤＮＦとは何か」というくわしい話には立ち入らない。

では、ＢＤＮＦはどうして不足するのか。それについてはまだよくわかっていない側面もあるが、帝京大学教授でもある精神科医の功刀浩《くぬぎひろし》氏は、「ストレスホルモン仮説」というのを提唱している。これがとてもユニークで興味深いので、ここで紹介したい。ちょっと専門的な話になるが、聞いてほしい。

功刀医師らは、ストレスを受けるとからだがそれになんとか対処しようとコルチゾールなどのいわゆる「ステロイドホルモン」を副腎皮質という器官から分泌するが、それが慢性的に続くとＢＤＮＦの生成が抑制されてしまって、結果的に脳がダメージを受けるというのだ。ストレスから自分を守るために取るからだの反応が、結果的に脳を傷つけてしまう。悲しい話だ。

その状態を解消するためには、何が必要か。基本的にはもちろん、ストレス因子を取り除き、体内からステロイドホルモンが出すぎないようにしなければならない。とはいえ、「じゃあコロナがストレスだからそれを取り除いて」といってもすぐにはできない。

功刀医師は、減ったBNDFを増やすことができる、と主張する。しかも、それは薬物投与によってではなく、「日々の食事や適切な運動によっても可能だ」と言っているのだ。動物実験ではなくヒトでの調査研究でも、かなりのエビデンスが得られつつあるようだ。

このセオリーが一般向けにまとめられた本があり、私はよく患者さんにすすめている。『心の病を治す食事・運動・睡眠の整え方』（功刀浩著、翔泳社）という本だ。たとえば「運動」についての章には、こんなことが書かれている。

2000年頃までは「いったん生まれた後は脳に新たな神経細胞ができることはない」と言われていた。ところがその後、おとなになってからでも新たな神経細胞の誕生（神経新生という）が起こりうることがわかってきた。ネズミの実験では、飼育ケージに輪回し器などの遊び道具を入れておくほうが、脳の中の記憶の中枢である海馬《かいば》の神経の新生が活発になることがすでにはっきりした。そして、アメリカの120人の高齢者を対象とした研究で、ストレッチを行ったグループより有酸素運動の早歩きをしたグループのほうが、この海馬の体積が増加していることも明らかになった。

どうだろう。そういったデータを示されたら、「さあ、残業などはさっさとやめて、スポーツサークルに通ったり、ひと駅手前で降りてウォーキングを楽しむなどして身体を動かしてはいかがでしょう」という功刀医師のアドバイスに、「やります！」と従いたくなる人も多いのではないだろうか。コロナ禍でも散歩に出かけたくなるはずだ。

同じように食べものに関しても、「うつ病改善に有効な主な栄養素」として、魚の油に含まれる不飽和脂肪酸、肉や豆などのアミノ酸、葉酸などのビタミン類、ミネラルが紹介される。

もちろん、規則正しい睡眠も大切。

功刀医師は、こういった「食事、運動、睡眠の乱れが引き起こす現代型のストレス」に「隠れストレス」という名前をつけ、これがストレスホルモンの分泌やBNDFの低下、脳の神経細胞の損傷、さらにはその結果としてのうつ病を引き起こすというのだ。

診察室で職場の人間関係などのストレスからうつ病に陥っている人に、「その人との関係を改善しなさい」と言うのはむずかしい。まして、先ほども述べたように、コロナのストレスは自分だけの努力では消えない。

でも、「そのストレスや悩みはさておいて、食事、運動、睡眠にまずしっかり取り組みましょう」と指導して実行してもらうようにすれば、「1日1時間速足でウォーキングするためには、リモートワークでだらだら夜まで仕事せずに、定時になったらパソコンオフ」ということになり、結果的に仕事のストレスを受ける時間も少なくなる。「よし、しっかり脳にいい栄養素を摂ろう」と食事に関心が向いて、料理にもほんのひと手間かけるようになれば、コロナの心配が頭の中を占める割合も減るだろう。

そして、生活を整えることによって結果的にこの脳のBNDFが増加し、脳にできかかっていた微細な損傷が修復されたり、記憶の中枢である海馬が縮むのがストップしたりすれば、まさに一石二鳥。うつ病予防、認知症予防につながる可能性もあるのだ。もちろん、生活の改善だけでどれほどの効果があるかは、今後の研究をまたなければならない。ただ、コロナ禍であっても、日々の生活をおろそかにしたり投げやりに送ったりせず、リラックスしながらも「まずは食事、運動、睡眠から」と基本に取り組むことじたいは、心身の健康にプラスになるのは間違いないだろう。患者さんにはこれをすすめながら、こうつけ加える。

「そんなに完璧にやらなくてもいいですよ。できなくても自分を責めず、反省もせず、また明日から楽しみながらやればいいのです。できた日にはおおいに自分をほめましょう」

そう伝えながら生活記録表をわたせば、たいていの患者さんは楽しみながら生活改善に取り組んでくれることが多い。そして、明らかにうつ症状は改善していく。

さらに言えば、この「食事、運動、睡眠の乱れが引き起こす〝隠れストレス〟の解消」は、医療や福祉、介護などの従事者にも必要なのではないか。というより、コロナ禍でとくに忙しいエッセンシャルワーカーは、食事も適当、運動不足、睡眠も不規則と、まさに「隠れストレス」のかたまりと言ってもよい。もちろん、明日から生活を完全に変えるのは無理だが、「食事、運動、睡眠のバランスはどうかな」と少しだけ気をつけながら暮らすだけでうつ病になりにくいからだになるのなら、損はないのではないだろうか。

かく言う私も、スマホ大好きで運動不足、典型的な夜型人間で睡眠も食事も乱れがちだ。いまのところうつ病の兆候はないが、こういう生活がからだにいいはずはない。患者さんに指導する手前もあり、これからは少しでも「隠れストレスを減らす」というのを目標にしたい。

「サザエさん症候群」を和らげるには

日曜日の夕方くらいからなんとなく気持ちが落ち込んで、からだの調子も悪くなる。一部の人はこれを「サザエさん症候群」と呼ぶようだ。ちょうどテレビで人気アニメ『サザエさん』が始まる頃から具合が悪くなる人が増えるから、こう言われているわけである。

そしてそのまま眠りも浅く、月曜の朝を迎えると、そこからはっきりとからだの不調が出てくることもある。これは「マンデー症候群」と名づけられているが、頭痛、腹痛、中年以降だと高血圧や心臓病につながることもあるので、油断はできない。

これらの原因は、「また今週も始まった。発表もあるし課題の締め切りもあるし。あーバイトのシフトも今週はキツイんだ」と考え込むことで起きるストレスだ。ストレスからからだの自律神経のうちの交感神経が異常に緊張し、頭痛、吐き気、腹痛や下痢などが起きるのだ。学生の場合は、新学期や新学年にも同じように心身の不調が起きることもあるが、これも同じメカニズムと考えられる。

ではどうすれば、休み明けに子どもからおとなまでを苦しめる「サザエさん症候群」や「マンデー症候群」を和らげることができるのか。

まずは、単純なことだが、「そういうものなのだ」と知ることが大切。「なんだかわからないけどいつも休み明けに頭が痛い」とひとりで悩んでいると、さらにそのストレスが増して、自律神経はもっとおかしな動きをしてしまう。もし休み明けになんとなく不調でも、「ああ、これがあのマンデー症候群ってやつか。なるほどね」と気づくだけで、神経がちょっとリラックスして気分もラクになるものだ。

それから、なるべく休み明けにはきついスケジュールを入れないのが、次に大切なこと。若い学生であっても、月曜1限から授業があるのは仕方ないかもしれないが、5限までずっとビッシリ、そのあとさらにサークルに深夜までのバイト、などというのはやりすぎだ。

会社勤めの人もそう。月曜は会議などが集中するかもしれないが、残業は控えめ、終業後にスポーツジムなどなるべく気晴らしになるような予定も入れておき、日曜夜には「明日はエアロビクスのレッスンだ！」と楽しみにできるのもいいかもしれない。恋人がいる若い人は、「月曜夜のデート」などの予定ももちろんいいだろう。コロナであまり外出できなくても、家でテイクアウトの惣菜を囲んで乾杯、くらいはできるはずだ。

そして、月曜に限らず新しい月、新しい年度の始まりで気持ちが重いという人は、とにかく交感神経がゆるむよう、からだをいたわることをおすすめしたい。それには、ゆっくりした腹式呼吸、ハンドマッサージ、足湯などが効果的だ。脳ではなくて、からだのすみずみをケアするのだ。かおりのいいお茶をゆっくり楽しむのもよいだろう。気をつけたいのは、いくら憂鬱な気分だからといって、食べすぎ、遊びすぎ、買い物などの衝動に走るのはよくない、ということ。そういう一時的な気晴らしではなくて、自分のからだと心をいたわるような方法を自分で見つける。

それが、日曜や休み明け前の「サザエさん症候群」そして月曜や休み明けの「マンデー症候群」を脱出する第一歩になると思う。ちなみに私は、日曜夜はEテレの「日曜美術館」と「クラシック音楽館」で集中的に目の保養、耳の保養につとめることにしている。それだけでも「あー明日は月曜。今週やり残したあれとこれをやって……」とピリピリした神経がゆるんでいき、日曜夜もけっこう熟睡できるのである。

精神科医の悩み

今日は、〝精神科医の悩み〟をきいてもらいたい。

診察室ではじめて出会う人、つまり初診の患者さんにひと通り診察を終え、「不眠の強いうつ病ですね」などと診断をつけ、「このお薬を出しましょう」と伝えると、ときどき「私、薬は飲みたくないんです」と言われることがある。

「薬は飲みたくありません」と言われたら、医者はどうするか。私の場合、まずはその理由をきく。すると8割は「副作用がこわい」という答えが返ってくるので、少し丁寧に「薬の効果と考えられる副作用」について説明し、「どうですか。あなたの場合、服用するメリットの方が大きいと思うのですが」と伝える。それでほとんどの人は、「そうですね。ではまず飲んでみることにします」と言ってくれる。

しかし中には、「副作用とか中毒とかではなくて、信念として薬には頼りたくないので」と答える人もいる。

「私は、カゼを引いてもなるべく薬は飲まないようにしているのです。うつ病や不眠を治すために薬を飲むなんて、絶対にイヤなんです」

そう言われたら、医者はどうするか。それでも「この人は少しでも早く薬を飲んだほうがいい」という場合は、「わかりました。２時間後にもう一度、お会いできますか。ほかの方の診察を終えてから、もう一度お話しします」と伝えて、外来終了後にじっくり薬の必要性を説明することもある。

それまでではない、というときには、私はこう言う。

「なるほど。だとしたら、その分、なにもしないで脳と心とからだを休めていただく必要があります。薬を使ってリラックスさせる分、意識的な休息と食事、そして散歩などの適度な運動でリラックスするのです。時間も十分に使ってくださいね」

「わかりました」とその人が「たっぷりとした休息」を約束してくれたら、しめたものだ。

薬を使わずに、人生の時間をぜいたくに使って自分を癒す。よく考えたらそちらのほうが人間らしい治療法なのかな、とも思う。薬を使うべきか、それとも……。精神科医のこの悩みに、あなたはどう答えるだろうか。

無計画でもいいじゃない

自分の話で恐縮だが、私には「計画を立てて行動するのが不得意」という欠点がある。子どもの頃は、学校の先生に「もう少し計画的に勉強しましょう」としょっちゅう注意されていた。

でも、最近は診察室で患者さんたちによく「いまは長期計画はやめときましょう。今日いちにち、この一週間のことだけを考えて、楽しんではどうですか」と声をかけている。コロナ禍で先が見えない日々が続き、計画を立ててもその通りに行かず、落ち込んでいる人が多いからだ。

仕事のこと、勉強のことで「来年はこうしよう、3年後にはこうなっていたい」と計画しても、必ず「でもコロナの状況がどうなっているかわからない」という疑問が頭に浮かび、先に進まなくなる。すでに計画を実行に移している人は、それを変更するだけで大きなストレスを感じるだろう。

そんなときは、あえて「いまだけ、ここだけ」と唱えて〝心の視野〟を狭くしてみてはどうだろう。「今日なに食べようかな。そうだ、そろそろ夏のナスも終わりだから、焼きナスにしよう。薬味はあれとあれで」などと、一生懸命、今夜の食事のことを考えて、作り、味わってみる。そこで「ああ、おいしかった」と思えたら、今日は満点の日。それでよいのではないだろうか。

もちろん、コロナが収束したら、また人生の長期計画を立てて、一歩一歩、進んでいけばよい。でもいまは、「いまだけ、ここだけ」の楽しみを見つける。それは矛盾でもなんでもない。しばらくは計画を手放して、自分らしい時間をすごすことをおすすめしたい。

第四章

あなただけの苦しみ、悲しみに時間をかけて

コロナ禍でお酒と上手につきあう

コロナ禍が始まってから、「お酒」をめぐるニュースが何かと目につく。

とくに東京では緊急事態宣言が長引き、「飲食店でのお酒の提供は停止」というのが一時は日常になっていた。

そんな中、テレビで「アルコール依存症が増えている」というニュースを見た。外出自粛や在宅勤務で自宅にいる時間が増え、ついお酒に手を出してしまい、知らないうちに依存症に陥ってしまう人も増えているそうだ。この話題の最後にアナウンサーが「お酒とは上手につき合いたいものですね」と言ったのを聞いて、私はつい「それがむずかしいんだよなあ」とつぶやいてしまった。

診療現場では、アルコール依存症の人たちに会う機会もある。アルコール依存症とは、「飲めないとわかっているときも飲酒したくてたまらない」「自分の意思に反して長時間、大量に飲んでしまう」「飲まないと体調が悪くなったり不安が強くなったりする」「仕事や友人を失っても飲むのをやめられない」という状況に陥った人たちだ。

彼らも「やめなければならない」と思っているのにやめられない。だから、かなりつらいのである。

いったんこのアルコール依存症になってしまうと、治療は「断酒」しかない。つまり「いっさい飲まない」という厳しいやり方だ。

そう伝えると、はじめは誰もが「うまく減らしてなんとかしたい」と言う。「ビール一缶で絶対にやめますから」「週末だけ飲む、という方法でやってみたい」とこれまで多くの人が診察室で語ったが、それがうまくいった人ははっきり言ってひとりもいない。「ビール一缶と思って開けたのに、いつのまにか一ケースが空に」「意識がなくなり次に気づいたらウィスキーのびんが転がっていた」など何度か失敗を繰り返し、「やっぱり断酒しかないんですね」と決意して、そこからやっと本当の治療が始まる感じだ。

もちろん、誰もがコロナ禍でアルコール依存症になるわけではない。その手前で止めることだって十分に可能だ。では、依存症にならずに「お酒と上手につき合う」にはどうしたらよいのか。

私はよく、「眠りたい、なにかを忘れたい、などお酒以外の目的のためや、ストレス解消のためにお酒を飲むのはやめましょう」と伝える。食事といっしょにお酒のおいしさを楽しむくらいならよいのだが、イライラやモヤモヤを吹き飛ばすために飲酒をすると、どうしても量が増える。同じことが起きたときには、またお酒にも手が出やすい。

お酒が飲みたい、と準備する一瞬前に、「今日はどうしてお酒を飲むの？」と自分に尋ねる。そこで、「辛口のビールで食事の味を引き立てるため」といった答えがすぐに浮かんだらオーケー。「うーん、仕事のうさを晴らしたいから」という〝味〟以外の理由が浮かんできたら、「ちょっと待って」とその日はお酒をやめるくらいの方がよい。そのお酒は決しておいしくないし、明日の目覚めもあまり心地よくはないはずだ。

とはいえ、いまはとくに、親族や仲間と大勢でおしゃべりしながら楽しくお酒を飲むことがむずかしい。そうなるとどうしても、暗い気持ちを忘れるときにひとりでたくさん飲んでしまう、というパターンに陥りやすい。

それを避けるためのもうひとつのおすすめは、「自家製の果実酒づくり」だ。実はこれ、私もやっていることなのだ。沖縄から取り寄せたシークワーサーを焼酎に漬けて、それを炭酸で割ってときどき飲んでいる。

果実酒づくりは簡単とはいえ、シークワーサー酒の場合、皮を丁寧にむいたり、その皮と実をいっしょに漬けてそれぞれ別のタイミングで引き上げたり、それなりに手がかかる。しかし、それだけでもおおいにストレス解消になるし、少しずつ瓶の中の色が変わっていくのも目に楽しいし、何より「自家製の果実酒」という満足感で少量でもとてもおいしくて満足できる。私はもともとお酒をあまり飲まないのだが、お酒好きでもこの自家製果実酒なら「少しずつ大事に飲もう」と思えるのでそう飲みすぎることもないのではないか。

「そこまでは面倒」という人におすすめしたいのは、カクテル作りだ。どうせ家で飲むなら、ただビールやチューハイの缶を開けてそのまま飲むのではなく、カクテルに挑戦してはどうだろう。それも道具や材料を用意したり、分量をはかったり、シェイクしたり盛り付けをしたりすれば、そのプロセスも含めてかなりのストレス解消になるのでは、と思うのだ。もちろん、味だって楽しめる。

とはいえ、やっぱり外の居酒屋やレストランで、友人とおしゃべりしながらおいしいお酒を飲むのは格別だ。早くコロナが収束してほしい、とまた同じ結論にたどり着くのである。

料理にとらわれてうつ病に

コロナ禍に読むのにピッタリの本を見つけた。タイトルはちょっと長い。『料理に対する「ねばならない」を捨てたら、うつの自分を受け入れられた。』（幻冬舎、２０２１年）。著者は、食文化ジャーナリストの阿古真理さんだ。

阿古さんは料理法や食文化の発信者として活躍していたが、30代でうつ病を発症。さまざまなうつ病の症状の中でも「大好きな料理ができない」ということが彼女を苦しめるのだが、途中で「料理することにこだわりすぎていたのでは？」と発想が逆転する。そして、それからめきめきと症状も改善し、本当の意味で食べることを楽しめるようになっていくのだ。

診察室でも、うつ病の人には「重荷を全部、降ろしてまずはゆっくりしましょうね」と声をかけるが、多くの人が「いちばん重いものを最後まで降ろせない」という状態になる。この本の著者にとってはそれが「料理」だった、ということだ。

つらい時期のことをもう少し紹介させてもらおう。著者は職業柄、料理にはこだわりがある。八百屋で旬の野菜を買うのも好きだったが、うつ病になると店に行っても野菜が選べない。夫に「これを買って」と指示してもらってようやく買えるが、それでも半泣きになり、脂汗をかく。さらに、豆腐を買ってきてパックから皿に移そうとして、サイズが小さくて入らないことに気づいてパニックになる。なにをするにも「回らない頭を総動員」となるのだ。

このあたりはひとつひとつの描写がリアルで、読んでいるとたくさんの患者さんの顔が浮かんだ。「子どもには手作り料理を食べさせたい。なのにできないんです」と泣いた人、「わたしは教師なんですよ。それなのにいちばん大切な授業がうまくできない。頭が真っ白になるんです。情けなくてたまらない」と絞り出すように話した人もいた。

そしてこの著者は、ある日、料理へのこのこだわりこそ、自分が降ろさなければならない重荷なのだ、ということに気づく。

こだわりを捨てられると、今度は料理や食べることが著者を救ってくれるようになる。以前はダメだと思っていた「ワンパターン献立」や「具だくさん汁もの1品だけの一汁献立」、さらには即席のお弁当を携えての公園ランチなども取り入れる。

それは著者にとって、「毎日きちんと手づくりしなければ！」というとらわれからの解放でもあった。そうすることでうつもどんどん良くなり、同時に食べるうれしさ、作る喜びも回復していったようである。

夫との気ままな外食の楽しみを見出した著者は、こう言う。「長い人生を生きていくために、息抜きで外食することも、私が求めた一つの答えだったのである」

料理にそこまでのこだわりがない人も、この「外食する」をほかの言葉に置き換えれば理解できるのではないか。「プロに掃除を頼む」「もっと有給休暇を取る」「休日はパジャマですごす」など。私たちは意外に、「これやっちゃダメ」と自分で自分を縛りつけており、それがストレスとなってうつ病への坂を転がり落ちることだってあるのだ。

コロナ禍で、こういったとらわれで自分をがんじがらめにしている人も増えているようだ。「家にいるからには三食手作りで」「いまこそ家を片づけてスッキリさせなきゃ」「長年、やろうと思っていた英会話の勉強、いまやらなくていつやるの」「実家に帰れない分、こまめに電話や手紙で連絡するべきだ」などなど。もちろん、そう思って実践することが悪いわけではないが、「やらなきゃ……でもできない……そんな私はダメな人間」と自分を責めてはいないだろうか。

うつ病になって、大好きな料理に実はとらわれていた自分に気づき、そこから解放されて本当の料理の楽しさを知った著者のお話。コロナ禍で知らず知らずに強まっているそれぞれの人の〝とらわれ〟に気づくためにも、多くの人に読んでもらいたいと思った。

老いることは悪くない

2020年6月、新しいアルツハイマー型認知症の治療薬がアメリカで承認された、というニュースが世界をかけめぐった。実用化されるのはまだ先のようだが、当事者や家族からは早くも期待の声が上がっているようだ。

アルツハイマー病には若年発症のタイプもあるが、全体としては認知症の増加は社会の高齢化と地続きであろう。もしこの新薬で進行が抑えられ、生活がしやすくなるとしたら、多くの人にとって光明だ。ただ、この薬には「画像診断での改善と実際の症状の改善とに、ややズレがある」などの問題があり、これからさらに臨床での検討などが必要のようである。

そして、アルツハイマー病からは少しずれるが、もう少し基本的な問題も私の頭をよぎる。それは、「老化って本当にいけないことなのだろうか?」ということだ。

診察室にはよく「私、認知症になったのでは」と訴える人がやって来る。年齢はさまざまだが、たいていは60代以降だ。「どうしてそう思ったのですか?」ときくと、「最近、人の名前が出てこない。簡単な計算も間違うことがある」と言う。

そういうときにはまず、「私も同じですよ」と言う。「私も50歳をすぎたら、固有名詞なんかが出てこなくなり、〝ほら、あの人。ギャグのおもしろい先生、あー名前が出てこない〟なんて毎日言ってます」と伝えて、気持ちをほぐしてもらう。それから簡単なテストをしても、まず認知症の兆候が認められることはない。

ところが、「だいじょうぶでしたよ。認知症の可能性はまずないですね」そう伝えても「もっとくわしい検査をしたらどうでしょう? 脳のCTなども撮ったりした方がよいのでは」とか、「若い頃は記憶力がよいことが自慢だったんです。この衰えは確実に病気ですよ」と言われることがある。

そういう人には、こんな話をすることにしている。

「そうですね、残念ながら若いときのような記憶力はもう戻りませんよ。でもその分、人生経験からわかったこと、深く考えられるようになったこともいっぱいあるはずです。これまで短い時間でしたがあなたと話していても、その経験が生かされているような発言、表情はたくさんありましたよ。人生の年輪がちゃんと刻まれています。もっと自信を持ってくださいね」

いつまでも若々しくありたい。外見も体力も脳の働きも、「若いときと変わりませんね」と言われたい。それは万人の夢かもしれないが、だからといって「老いるのはいけないこと」ではないはず。若さを上手に手放して、かわりにほかの〝人生の宝物〟を手にする。そういうこともできるはずと信じてほしい。

診察室でそう自分にも患者さんにも言い聞かせながら、「今日も忘れものをしちゃったけど、気にしない、気にしない」と言い訳をしている私である。

自分のための時間を

2020年、大学でオンライン授業が始まってから、なれない授業スタイルに最初はトラブルも多かったが、数週間がたつうちに私もかなりスムーズに行えるようになってきた。しかし、こちらにも学生にも少し心の余裕ができてくると、逆に「家でもできること」と「実際に学校に来なければできないこと」の差がくっきりしてきたような気がする。それは、幼稚園や小学校でも同じなのではないだろうか。今、幼児や小学生にもオンライン教育を、という声があるようだが、それは本当に必要なのだろうか。

まず、「家でもできること」だが、パソコンの画面を見たり、印刷されたプリント、本などを読んだりすることなら、家でも十分にできる。というより、学生たちは「教室より集中できる」とさえ言う。周囲にも気を取られることなく、自分のペースで見たり読んだりできるからだ。教員によっては、「いつも半年かかるテキストを3カ月で読み終えられそう。オンライン授業は効率的ですね」と言う人もいる。

幼稚園児たちはどうだろう。絵本が好きな子、音楽が好きな子、アニメが好きな子は、コロナによる休園のあいだ、自宅で楽しい時間をすごしたのではないか。中には、「あのお休みのあいだに読んだ絵本が、私の人生のベースになった」と後から振り返る人も出てくるのではないか。〝自分だけの時間〟は、子どもや学生にとっては、実は大きなプレゼントかもしれないのだ。

ただ、もちろん良いことばかりではない。

大学の授業を例にとって考えてみよう。実際の教室での授業には、理解度や学びのペースがそれぞれ違う学生が参加している。あるテキストを配って、「読み終わりましたか？　まだの人は？」と尋ねると何人かの手があがる。それを見てこちらは、「じゃ、もうちょっと待ちましょう。もう終わった人は、わかりづらそうな単語をピックアップして説明を考えておいてくださいね」などと伝える。そしてそのあと、「しっかり内容がわかった」という学生に、「むずかしかった」という学生たちのために解説をしてもらうこともある。そういう作業を通して学生たちは、「自分だけが理解できればそれでいいというわけではない」ということを少しずつ学んでいく。その経験は、社会人になっても自分の家族を持っても、きっと役立つことだろう。

幼稚園も同じだろう。それまで家庭で「王子さま」「王女さま」のように扱われていた子どももいるかもしれないが、幼稚園に来ると自分と同じような子どもがほかにもたくさんいることを知る。最初はちょっとビックリしたり、それでも「私がいちばん」という気持ちを捨てられなかったりするかもしれないが、そのうちに「みんながいるのが楽しい」ということに気づいていく。さらにその中で、ほかの子を助けたり待ったりすることも少しずつ学んでいくことになる。

家庭での学習やオンライン授業では、こういう「他者との交わり」はどうしても経験することができない。つまり、「社会性」を学ぶにはどうしてもリアルな世界が必要ということだ。

とくに幼稚園児にとっては、先ほども述べたように「私が世の中の中心じゃないんだ！　ほかにも同じような子どもがたくさんいるんだ！」と気づくのは、喜びというより驚き、いやショックかもしれない。だから、今回のコロナ禍の休園期間、時間が戻ったように「私がいちばん」という赤ちゃんのような振る舞いをした子どももいるのではないだろうか。ここぞとばかりにわがまま放題、あれしてこれしてと要求し、いつまでもはしゃいで親にまとわりつく。

緊急事態宣言で幼稚園も一時、休園となった時、「ストレスでつぶれそう」という保護者からの悩みも、実際に私のところに何件も寄せられた。もしかすると、通園が再開されてからも「赤ちゃんがえり」が直らずに、幼稚園でも自分勝手なことばかりして先生たちをちょっと困らせている子どももいるのでは、と思われる。

でも、心配しすぎの必要はない。それはいきなり放り込まれた「他者がいっぱいの世界」から戻ってきていいよ、と言われた子どもたちの、一時的な反応だと考えられるからだ。

繰り返しになるが、「他の子がいっぱい」の世界は、子どもにとって最初はちょっとショックだが、すぐに「でもその方が楽しい！」という喜びの世界でもある。休園期間、家でわがままいっぱいをして エネルギーを貯めた子どもたちは、また他者との交わりの中で社会性を身に付けていくことだろう。「このままままた、親べったりの赤ちゃんみたいな子になってしまうのでは」と保護者も先生もあまりあせらなくてよいと思う。

同じ理由で、私は学生たちに関してもあまり心配していない。若い彼らは、このまま「オンライン授業でいいや。自分だけ理解できればそれで十分」となることはなく、また通学が再開したら、あっという間に同級生と教え合ったり議論したり、おしゃべりして笑い転げたり、という生活に戻り、ちゃんと社会性を身に付けていくと信じている。

それよりも気がかりなのは、保護者や先生、つまりおとなたちのストレスだ。残念ながら年齢があがればあがるほど、周囲の変化に適応しにくくなり、心身の疲れも取れにくくなる。

おとなもまずは、「私、疲れていないかな?」と自分の再点検。そして、休むべきときはしっかり休み、自分のための時間を取ってほしいと思うのだ。

トキメキに年齢制限はない

コロナ禍の前も、そしていまも、私たちの生活には「悲しみ」がつきものだ。もう何年も前の話になる。知人のシニア女性の夫が亡くなった。80代で平均寿命は超えていたが、仲むつまじい夫婦だったので妻の落胆は激しかった。

2カ月くらいたってから、友人たちの中で「励ましに行こう」という話が出て、日程を相談して3人で女性の家を訪ねた。出してもらったお茶とケーキを前に、私たちは亡くなったその夫の思い出などを語って時間をすごした。

しばらくして女性は、「夫と出かけた旅行のアルバムを見せるわね」と席を立ち、棚に手を伸ばした。そちらに目を向けた私はビックリ。当時、人気だった韓流ドラマに出演しているスターの写真が何枚も飾ってあったのだ。「え！」と驚いて口を開けたままでいると、女性もそれに気づき、恥ずかしそうに顔を赤らめた。

「あら、気づかれちゃった。最近、韓国のドラマや歌にハマってるの。この俳優、演技はうまいしファンにもやさしいのよ。このあいだファンの集いに行ったら握手してくれて……」

それから話題は、亡くなった男性のことから韓流スターへとシフト。それまで暗い顔をしていた女性は、一転してイキイキと好きなスターの話をし始めた。私たちは、「あのドラマ見た？」「こっちのアイドルもカッコいいわよ」とひとしきり〝韓流〟の話題に花を咲かせたのであった。

帰り道、私たちは笑顔で話した。

「よかったね、すごく落ち込んでいたから心配していたけれど元気になったみたい」

「韓流スター仲間の交流もあるみたいだし、外出の機会も増えて楽しそう」

「やっぱりトキメキっていくつになっても、どんなときでも必要だよね」

彼女はもちろん、悲しみを完全に乗り越えたわけではない。私たちが帰るときにも、「一周忌にも来てね、夫を忘れないであげて」と涙ぐんでいた。でも、ファンタジーとしてドラマの世界に浸かり、自分も恋をした気分になってうっとりする。ファンの集いがあればちょっとおしゃれをして出かけて行き、同じスターが好きな人と情報交換に励む。ボロボロになっていた心にも、少しうるおいが戻ってきたのではないだろうか。

映画やテレビドラマ、小説、音楽など、ロマンチックな気分にさせてくれる作品はたくさんある。ワクワクしたりドキドキしたりに〝年齢制限〟はない。いくつになっても、もちろんコロナ禍であっても、ちょっぴりでもうるおいのある心で生きたいものだ。

誰かの苦しみや悲しみを無理に取り除かない

コロナの感染拡大とともに、家族や友人をこの新しい感染症で亡くす人たちも増えてきた。

診察室でも、そんな人に会う機会がときどきある。私は年数だけでいえば〝大ベテラン〟の精神科医だが、そんなときにはいつも「どう言葉をかけてよいか」と悩んでしまう。

コミュニケーションを取ること、とくに言葉を重ねてのかかわりは、時によっては相手を喜ばせたり癒したりするどころか、かえってその心を傷つけることにもなりかねない、とわかっているからだ。

長年、悲しみにある人たちに寄り添い、心のケアをしてきた高木慶子さんという人がいる。彼女の〝本職〟はカトリックのシスターだが、上智大学グリーフケア研究所などで喪失や悲嘆についての研究、心のケアの専門家の育成などもしている。

私は、彼女が書いた『喪失体験と悲嘆』（医学書院）という専門書を読み、かつて精神科医として強いショックを受けたことがある。これは、阪神淡路大震災でわが子を亡くす経験をした母親たち34人の記録だ。彼女たちに寄り添い続けた高木シスターは、震災から約3年半後にアンケート調査を行う。そして、「大切な人の喪失が人の心にどういう変化をもたらすのか」を研究者としての見地からまとめたものだ。

ほとんどの母親は、「時間は止まったまま」「ずっと虚脱感の中にいる」と記している。悲しみがあまりに深く、何年たっても癒えないのだ。

私が衝撃を受けたのは、アンケートにある「周囲からして欲しくなかったと思うことがら」という項目への回答だ。

その1位は、「わかったふりの同情の言葉や押しつけがましい言葉を受けたこと」。実に3人にひとりがそう答えている。また「心ない言葉や態度で慰められたこと」や「頑張れという言葉に代表される励ましの言葉」をあげた人も多い。

高木シスターはこの結果をこう分析する。

「重要なことは、言葉が悲嘆者の心の傷をさらに深めていることである」

よく考えれば、私たちにも程度はそれほどでなくても、同じような経験があるのではないだろうか。つらいときに「がんばってね」と言われると、「今でも十分がんばっている」と言いかえしたくなる。また悲しい経験をしたときに「早く乗り越えてね」

と言われると、「とても乗り越えられないのに」とかえって落ち込む。「時間が解決しますよ」というありふれたなぐさめも、「そんなわけはない。この悲しみが消えるはずはない」と感じて、ますますつらくなることもある。

もちろん、ことわざ、偉人の名言、本の押しつけなどは迷惑でしかない。私も父親を亡くしたとき、知人が「この映画、父親の愛を描いていてきっと励まされると思うのでぜひ」とＤＶＤを貸してくれ、親切からの行為であることはよくわかったが、「いまはそんな心の余裕もないし、そもそも父親を思い出してしまうようなものは見たくない」と困惑してしまったことがある。

一方、その本のアンケートには、「周囲にしてほしかったこと」という項目もある。その結果を上位から並べてみよう。

「とにかく、そっとしておいてほしかった」「死者のために祈ってほしかった」「ひとりになりたかった」。

また、「家事のことや家族の面倒を見てほしかった」「思いきり泣かせてほしかった」という答えもある。「思いやりある言葉をかけてほしかった」という人も34人中、４人いるが、そのほとんどは「手紙やハガキで」となっている。「話を聴いてほしかった」はふたりしかいない。

つまり、悲しみのどん底にあるときには、どんなやさしい言葉や励ましの言葉、専門家の助言などもその人を救わないということだ。その中でもなんとか役に立つことがあるとしたら、「放っておいてくれること」「ひとりで悲しませてくれること」。

私はこの本を読んで、「精神科医もこうやってひとを傷つけているのではないか」と愕然とした。

青ざめた顔をした人が診察室に入ってくる。「今日はどうなさいました？」と質問しても、「えーと、あの……」となかなか話さない。そういう場合、私はもちろん、「あのね、話してくれなければ診察になりませんよ！」などとは強制しない。

それでも、しばらく時間がすぎてその人が、「実は、職場でも家庭でも人間関係がうまくいかなくて……」とポツポツ話し出したら、それに黙って耳を傾けるようにする。聴くことで「共感」を示しているのだ。

とはいえ、診察時間は限られている。あまりに話の進みが遅いと、「えーと、つまりあなたはその上司に自分を否定されて、仕事に行くのも苦しくなっているのですね？」などとまとめようとする。また、診察の終わりには、薬を処方したり、「来週の受診までこうすごしてみてはどうでしょう」とアドバイスをしたりする。もちろん、それが仕事だからそうするのはあたりまえだが、高木シスターの本を読んでからは、

「この人だけの悲しみ、苦しみを踏みにじっているのではないか」と心配を感じるようになった。

深い悲しみにある人に必要なのは、誰かが適切な距離を置いて、そばにいること。でも、近づきすぎないこと。そして、まずは何も言わないこと。相手が「話したい」と望んだときだけ黙って聴くこと。

それから、むしろその人の心にではなくて、生活や仕事のほうの手助けをしてあげること。その人がひとりでゆっくり考えたり悲しみに浸ったりできるような環境を、まわりからそっと作ってあげること。これらが、何より大切なことなのだ。

コロナ禍で、さまざまな喪失や悲嘆の中にいる人も、おそらくそんな援助を求めているに違いない。さしでがましくなったり、押しつけがましくなったりせずに、ゆっくりその人のペースで立ち直れるような環境を、なるべく用意してあげたい。

つらいときの自分がすべてじゃない

精神科医を30年以上やっている私の診察室には、いつもいろいろな人がやって来る。多くの人は軽い気持ちでふらりと立ち寄るのではなく、かなり追い詰められた状態で「もうこれしかない」と受診する。つまり私は、いつも切羽詰まった人、思い詰めた人にお会いしている、ということになる。

「たいへんな仕事ですね」と言われるが、そうとばかりは言えない。なぜなら、その人たちはそれから3カ月、5カ月と治療を行ううちに、つらい症状も少しずつやわらぎ、だんだん元の状態に戻っていくからだ。そのプロセスに立ち会えるのは、とても励みになる。

そんなときいつも私は、「最初にここに来たときとは全然違うなあ。人間の回復力ってすごいなあ」と感じる。笑顔、ユーモア、はにかむような表情、そして「今日は暑いくらいですね」といった日常会話。それらは、はじめて診察室に来たときにはなかったものだ。

では、どちらが〝本当のその人〟なのだろう。決める必要はないのかもしれないが、いずれにしても落ち込んでいたときのその人を見て、「ああ、この人ってこうなんだ」と思い込むと間違ってしまう。

逆に言えば、ふだんはやさしい笑顔を持ち人をなごませるジョークを連発するようなタイプでも、いったん人間関係や仕事の問題で行き詰まると、その人間性がガラリと変わってしまう、ということだ。

だから私は、初診のときの印象で「この人ってこういう性格、こういう人がら」などと印象を決めないことにしている。「いまはずいぶん緊張してイライラもしているみたいだけれど、決して短気な人じゃないだろう。きっと3カ月後には全然違った顔を見せてくれるんじゃないかな」と〝元に戻ったその人〟に会うのを楽しみにするのである。

疲れがたまり弱っているとき、つらい状況が続くときの自分がいたとしても、「これが私なんだ」と決めつけない。

そして、きちんと休んだりケアを受けたりできれば、いつか別の自分に必ず出会えるはず。

このことは、診察室の外にいる人たちにも知ってもらいたいと思う。

もし、「最近、とても落ち込んで気持ちが暗いけど、もともと私ってこうだったのかも」と思う人には、「違いますよ。いまの自分もたしかにあなただけど、あなたにはきっとほかの面もあるはず。それを少しずつ引き出していきましょうね」と声をかけたい。

忙中閑あり、ウツ中ラクあり

「忙中閑あり」ということわざを知っていると思う。

どんなに忙しいときでもちょっとした時間の余裕はあるはずだ、それを忘れてはならない、という意味だ。

私はよく、このことわざをもじって、診察室に来られた方に「ウツ中ラクあり、ですよ」と言う。つまり、うつ病などでどんなにつらいときでも、ほんのちょっと楽しい気分になるとき、うれしさを感じるときもあるはず、と伝えたいのだ。

たとえば、仕事のストレスで「しんどくてもうイヤ」と真っ暗な気分になっていても、職場からの帰り道に新しくオープンしたラーメン屋を見つけて、ふと「おっ、おいしそう」と思うことがあるかもしれない。

まじめな人は、そういうときに「ダメダメ、私はいま仕事のことで落ち込んでいるんだから、ラーメン食べている場合じゃない」と自分の気持ちをおさえてしまう。

でも、それは逆だ。

そういうときだからこそ自分の好奇心や欲求に忠実に、「じゃ、早速今日、ちょっと試してみようかな。パーテーションもしっかりされているし、感染対策もだいじょうぶそう」とそのお店に入ってみればよいのだ。もし期待以上の味であれば、「こんなときでもいいことはあるものだ。コロナが収束したら友だちとまた来よう」とちょっとほっとするのではないだろうか。

つらいときには、つらさ一色。悲しいときには、悲しさ一色。

そうなりがちだが、そんな中でもちょっとした笑い、心のわずかなトキメキ、新たな興味のめばえなどはあるはず。そのチャンスを逃さずに、やりたいことはやる。食べたいものは食べる。行きたいところには行く。その〝うつり気〟が大切だ。

私にもそんな経験がある。父親が亡くなってまだ何日もたたず、どっぷりと悲嘆に暮れていたときのことだ。たまたまつけていたテレビのおバカな映画に目が行き、思わずぷーっと吹き出してしまったことがあった。一瞬、「こんなくだらないものに笑うだなんて、なんて不謹慎な」とあわてながらも、一方で「なんだ、こんなときでもおもしろいものをおもしろいと思える余裕が、まだ心に残っているんだな」と肩の力が抜けたことを覚えている。その映画は自分にとっての〝こころの恩人〟のようなものと思い、その後、ＤＶＤを買って何度も見返した。

いま何かで落ち込んでいるあなたの心にも、きっとそんなゆとり、余裕がどこかにあるはず。それをさがしてみてほしい。

自分で思っている以上にお疲れかも

コロナに加えて、豪雨や台風といった自然災害が、容赦なく日本を襲う。２０２１年７月には熱海市の土石流で多くの犠牲者が出た。

そしてこういうとき、実は被害を受けなかった地域の人たちにも、さまざまな影響が現れている。診察室では、多くの人たちが「川が氾濫して水びたしになった地域の映像や土石流の映像を見ていたら、気の毒さと恐ろしさで自分まで落ち込んだ」と言っていた。

新しい台風の発生が報じられ、その進路にあたった地域に住んでいる人たちは、たとえ進路がそれても「被害はなかったけれど気圧の変化でめまいや耳鳴りがひどかった」と訴えていた。「物流が止まり、食料品がなくなるかも」という情報も不安をかきたてたようだ。

私のふるさと北海道では、２０１８年、胆振《いぶり》東部地震という大きな地震があり、犠牲者が出るとともに北海道全体が停電、つまりブラックアウトに陥った。だから「台風や豪雨」の報道にはみんなひと一倍、敏感なんです、と話してくれた現地の医療従事者がいた。

あのとき以来、懐中電灯やラジオなどを備えている人も多いだろうが、台風の情報が出るたびにそれを確認するなどして緊張が高まったに違いない。それだけでも心のエネルギーは消耗し、からだの疲れやちょっとした不調につながることもある。

大きな災害のあと、あるいはその予想が出たときには、「災害休暇」があればいいのに、といつも思う。準備をし、もし被害を受けてしまった場合は、被災地の人たちはもちろん、手伝いに行く知人やボランティアも利用できるような仕組みがよい。そしてそれだけではなく、被災地以外の人たちも高まった緊張や不安をしずめ、ちょっとリラックスするのにその休暇を使えるようにしてほしい。

しかし、実際にはその逆のようだ。

私のまわりでも「台風で出勤できなかった日の埋め合わせをするために、これから土日も返上ですよ」と言っている人がいる。「本当は休みが必要ですよ」などと言っても、とても聞いてもらえそうにない。

そうだとしても、コロナ禍に加えて自然災害の恐怖を味わったり被害を受けたりした人たち、その支援をしている人たちには私はこう言いたい。

「みなさん、自分で思っている以上にお疲れです。少し自分をゆるめてゆっくり進みましょう」

ギャンブルに走らない

リラックスは大切と言っても、ギャンブルに走りすぎるのはよくない。コロナ禍でも多くのパチンコ店は営業を続け、連日にぎわっていると聞く。競馬の馬券もネットで買えるので、売り上げは上がっているそうだ。その気持ちはよくわかる。

医療関係者にも、実はギャンブル好きが少なくない。忙しい診療のストレスをパチンコ店や競馬場の喧騒の中で発散しているドクターも意外に多い。あるいはいまは無

理だが、学会出張で海外に出かけると、カジノに寄って雰囲気を楽しんだりときにはプレイしてみたり、という医者もいる。

ギャンブルにはそれでしか味わえない独特のスリルと緊張があり、結果が出たときにはそれが一瞬にして有能感あるいは落胆に変わる。慎重さと厳密さを要求される医師の中には、ギャンブルで感情の激しいギャップを経験することで心のストレッチを行うタイプもいるのだ。

しかし、言うまでもないが、ギャンブルは度が過ぎるとさまざまな問題を引き起こす。のめり込みほかを顧みなくなったり、負けを取り戻そうといくらでもお金をつぎ込んだりして借金を重ね、それでもウソをついて通おうとし、仕事や家庭などの社会生活に大きな支障が来される場合もある。

自分で「もうやめよう」と一瞬は決意しても、すぐにそれを破ってまた手を出す。その時期をすぎると「まずい」と思うこともなくなり、一日中、ギャンブルのことで頭がいっぱいになる人さえいる。ここまで来ると、ただのギャンブル好きではすまされず、「ギャンブル依存症」という立派な精神医学的な診断がつくことになる。

このギャンブル依存症の治療は難航をきわめる。まず本人が「自分は病的な賭博中毒」と自覚するのがむずかしい。いや、たとえうすうす感じていても、「そんなはずはない」と自分でそれを否定する「否認」という心の防衛メカニズムが強く働くので、周囲が「あなたは病気」と言えば言うほど、かたくなに受診を拒むようになるのだ。

そして本人が「そこまで言うなら医者のところに行ってやろう」と思ったとしても、そこからがまた問題。依存症は精神医学の領域だが、精神科医の中でも薬物、アルコールなどの依存症を専門にするのはごくひと握り、ギャンブル依存症となるとそれがさらに少なくなる。

もちろん、私のような一般の精神科医でもある程度は依存症治療の知識や経験はあるのだが、アルコールの過剰摂取やそれによる肝機能障害、違法な薬物の使用といった目に見える問題が見つかりにくいギャンブル依存の場合、治療の導入からして苦労して失敗することもある。

私も若い頃、診察室で会ったギャンブル依存の男性から、開口一番、「今日は先生に私が病気ではないことを証明してもらいに来ました」と言われ、言葉に詰まったことがあった。

彼はある専門職についていたのだが、上司からもギャンブルへの耽溺を危惧され、「一度、病院に行くように」と言われてしぶしぶ受診した。そして、「依存症でないと証明してほしい。そうでなければ昇進できなくなってしまい、そうなったら家族や親族にも捨てられる。私の一生がめちゃめちゃになるかならないかは、先生の診断書にかかっている」と半ば脅すように言われたのだ。ギャンブル依存症を扱いなれた医師ならここでうまく彼の言葉を逆手に取って治療に導入するのかもしれないが、私は「とにかく診断書は書けない」と断るのが精いっぱいだった。

カジノを含むIR＝統合型リゾート施設の整備を推進する法案が成立（2018年7月）したが、全国では地元住民の声が大きく、建設は遅れに遅れている。それはもっともなことだろう。地方創生や観光振興、雇用創出などの経済効果が期待されるとはいっても、ギャンブル依存症の心配や治安の悪化が頭をよぎる、という人は少なくないだろう。

先にも述べたようにこの依存症は一度、陥ると治療がきわめてむずかしい。とくにギャンブルの中でも扱われる金額が巨額になりがちなカジノは、脳の中の「報酬系」と呼ばれる回路を強烈に刺激する。そのうち、脳はカジノの勝ちでなければ「快」を感じられない仕組みに変容していく。そうなると、借金をしてもウソをついても賭け金を用意し、「勝った！」というその一瞬の快感を味わうことだけが人生の目的となりやすいのだ。

こういう状態になると、カジノへの出入りや賭けを意思だけでやめるのは不可能であることは、誰にでもわかるだろう。本人は自分が依存症であるとなかなか認められない。

そういう人たちに「もうギャンブルはしない、と強い気持ちを持ちなさい」と精神論を説くのも、「まあ、ほどほどに」と〝適正な範囲で〟とアドバイスするのもあまり意味はない。もし、「あ、この人はすでに自己抑制できなくなり、社会生活にも支障が出ているギャンブル依存症か」という人を見かけたら、「一度、心療内科や精神科に行ってください。これはあなたとご家族のために言っています」と率直に伝えてみてほしいと思う。

コロナで気持ちが滅入り、手軽な憂さ晴らしがしたい。それはわかる。でもギャンブルの快感しかそれを晴らすものがない、となるのは避けたい。そのことは忘れないでほしいのだ。

あとがき

２０２１年８月、診察室でこんなことを話してくれた女性がいた。

「いま東京オリンピックやっているでしょ。テレビであれを見るのがつらいんですよ。出てくる選手たちはすごく努力しているのに、それに比べて私は、こうして仕事を休んでしまって。情けないし申し訳ないですよね……」

その人は長年、勤め先でパワハラにあい、心身が不調に陥ってしまい通院を続けていた。私生活でも夫からモラハラ（人格否定など尊厳を傷つけられるハラスメント）を受け続け、職場も家庭も心休まる場所ではなくなっていたのだ。精神科医としてはまずは相手の言葉を「そうなんですね」と一度は受容しなければならないところだが、そのときの私は思わず即座に否定してしまった。

「なに言ってるんですか。あなたはたいへんな状況に耐えて、これまで何年もがんばってきたじゃないですか。もっと、自分を大切にしましょうよ。自分をいたわりましょうよ」

我ながらちょっと語気が強すぎるとは思ったのだが、彼女はハッとした顔でつぶやいた。

「自分をいたわる……。考えたこと、なかったです。私、自分をいたわっていいんですか」

私は、「そうですよ」と大きくうなずいた。

診察室では毎週のように同じ経験をする。つらい環境や状況の中、「私がもっとがんばればいいんだ」と自分に言い聞かせながら、日々の仕事や家事や育児に力を尽くす。でも、誰もほめてくれることもねぎらってくれることもなく、それどころか「もっとやれるはずだ」「どうしてできないの」ときつい言葉を浴びせかけられる。それでも、「すみません」と頭を下げ、「がんばらなくちゃ」と自分にむちを打つ。

そんなことをしていると、いつかからだが音を上げる。吐き気や頭痛、めまいが出て、その段階でようやく、病院を受診する人もいるが、たいていは「吐き気がするので吐き気止めをください」と対症療法を求めて内科クリニックなどを受診し、そのもとになっているストレスには手をつけようとしない。

でも、誰が考えてもわかるように、たとえクスリで一時的に吐き気が止まったとしても、また自分に無茶をさせるとすぐに逆戻り。そして、今度は前よりもっと症状が強まり、クスリもきかなくなることが多い。その段階で、内科医に「これはただの吐き気ではないですね。ストレスかもしれないのでメンタル科にも行ってみてください」と言われ、ようやく診察室にやって来る。そんな人がほとんどなのだ。とくにコロナ禍が始まってから、私たちのストレスは倍増した。

そこで本当にしなければならなかったのは、「ああ、しんどい。私ってがんばりすぎているから、ちょっとペースを落として自分をいたわろう」ということだったのに、そこでも多くの人はその逆のことをした。つまり、「コロナ禍でいろいろたいへんなんだから、いっそうがんばらなければ」と自分を奮い立たせ、「やれることは全部やろう」とペースを上げることだったのだ。

そして、その〝つけ〟が出たかのように、診察室を訪れる人がいま増えている。これまでは「とにかく感染に気をつけよう」と緊張感でいっぱいだった人が、「ワクチンも打ったし、感染者数も落ち着いてきたかな」とホッとしたと同時に、これまでの疲れが一気に出て、あちこちに不調があらわれ始めているようだ。

コロナ禍で、私たちはこれまでの人類が一度もしてこなかったような、非常事態を経験した。その中でも、なんとか自分を励まし、勇気づけながらここまでたどり着いた。それだけでも、おおいに自分をほめていい。さらに、「お疲れさま。よくやったよね」と少し自分を休ませてあげてほしい。「コロナ禍で失ったものを今こそ取り戻さなければ、と奮起するのは、もう少し先でもいいのではないですか」と、私は繰り返し診察室でがんばってきて疲れ果てた人たちに声をかけている。

もっと、自分をほめていい。

もっと、自分をねぎらっていい。

もっと、自分を休ませていい。

もっと、自分をいたわっていい。

私はいま、心からそう思い、疲れた人たちにそう呼びかけたい。この本を通じて言いたかったのは、「お疲れさま。がんばりましたね。少しゆっくりしましょうよ」ということ、それに尽きるのだ。


本書は、これまでいろいろな雑誌などに書いてきたコラムに手を入れたり、書き下ろしの文章を加えたりしながら作ったものだ。構成のアイディアと編集を引き受けてくれた新日本出版社の久野通広編集長に、この場を借りて心からお礼を伝えたい。

この本を読んでくださった人がひとりでも多く、「なんだ、私も自分をいたわってあげていいんだ」と気づき、疲れた心身に休息や気晴らしというごほうびをあげてくれるよう、心から祈っている。

２０２１年11月　おだやかな晩秋の光の中で　香山リカ

香山リカ（かやま　りか）
1960年北海道生まれ。東京医科大学卒。精神科医。立教大学現代心理学部教授。
著書に『医療現場からみた新型コロナウイルス』（共著、2020年）、『大丈夫。人間だからいろいろあって』（2018年）、『「ポスト真実」の世界をどう生きるか——ウソが罷り通る時代に』（共著、2018年、新日本出版社）、『「いじめ」や「差別」をなくすためにできること』（2017年、ちくまプリマー新書）、『リベラルですが、何か？』（2016年、イースト新書）、『半知性主義でいこう』（2015年、朝日新書）など多数。

ブックデザイン　菊地雅志

もっと、自分《じぶん》をいたわっていい

2021年12月20日　初　版

著　者　香　山　リ　カ
発行者　田　所　　稔

郵便番号　151-0051　東京都渋谷区千駄ヶ谷 4-25-6
発行所　株式会社　新日本出版社
電話　営業 03（3423）8402
編集 03（3423）9323
info@shinnihon-net.co.jp
www.shinnihon-net.co.jp
振替番号　00130-0-13681
印刷　亨有堂印刷所　製本　小泉製本

落丁・乱丁がありましたらおとりかえいたします。

ISBM978-4-406-06553-5　C0095　Printed in Japan